अभागन

उपन्यास

अभागन

उपन्यास

डा. फखरे आलम खान 'विद्यासागर'

Book   : Abhagan

Author   : Dr. Fakhre Alam Khan 'Vidhyasagar'

Edition   : 2nd (October, 2020)

ISBN   : 978-81-947289-1-7

© Dr. Amta Khan

Published by

TANEESHA PUBLISHERS

A Initiative by **PRACHI DIGITAL PUBLICATION**

525, Lal Singh Nagar, Near Jai Devi Nagar, Meerut - 250002, U.P.

Contact : 9760417980, 9760418103

E-mail : editor@taneeshapublishers.in

Website : www.taneeshapublishers.in

प्रकाशकीय

डॉ. फखरे आलम खान 'विद्यासागर' पाठकों में अपनी अलग पहचान बनाये हुए है। डॉ. खान को प्रकाशित करने का सुअवसर प्राची डिजिटल पब्लिकेशन को 2017 प्राप्त हुआ। प्राची डिजिटल पब्लिकेशन ने उनकी कई किताबों को पैपरबैक एवं ई-बुक वर्जन में प्रकाशित किया, जिन्हें अंतरराष्ट्रीय स्तर पर भी पाठकों ने बहुत प्यार दिया। डॉ. खान की एक पुस्तक 'अनाथ बच्ची' ने उन्हें अंतरराष्ट्रीय स्तर पर स्थापित किया। इस पुस्तक को पाठकों ने सबसे ज्यादा पसंद किया और वहीं, 'अनाथ बच्ची' प्रथम संस्करण ई-बुक के रूप में प्रकाशित हुआ था, जिसने लेखक डॉ. खान को डिजिटल दुनिया में नई पहचान दी। इससे पहले खान साहब की पुस्तकें प्रिन्ट में प्रकाशित हो चुकी थी। डा. खान की अब तक प्रकाशित सभी पुस्तकों में यह 'अनाथ बच्ची' अब तक की बेस्ट सेलर बुक रही है। डॉ. खान की कई पुस्तकें है, जिन्हें हम धीरे-धीरे आपके लिए पेश करते रहेंगे।

आशा है कि आपको यह प्रयास पसंद आयेगा।

–प्रकाशक

शायद उन्हें फ़ैशन वाली लड़की चाहिए थी।

मैं अब क्या करूँ, अपनी नसीब को दोष दूँ, या माता-पिता

को, हो सकता है, मेरे माता-पिता की ग़रीबी की सज़ा मुझे

मेरे पति के रुप में मिली हो। संसार में अगर सबसे बड़ी चीज़

है, तो पैसा ही है, जिसको लोग संसार में पहला स्थान देते हैं।

मेरे माता-पिता के पास पैसा नहीं था। इसलिए मेरी शादी पढ़े

लिखे पति से शायद इसलिए कर दी, कि इन्हें एक नौकरानी

की जरुरत थी जो उन्हें मिल गई। इन लोगों को बहू नहीं

नौकरानी चाहिए थीं शायद मेरा यही नसीब है।

"ऊषा चलो खेलें! अभी क्लास में टीचर्स के आने में देर है।"

"नहीं शशी! अगर प्रिंसिपल ने देख लिया, तो स्कूल से निकाल देगी। वैसे भी हमारे घर वाले लड़कियों को पढ़ाना कहाँ चाहते हैं। अगर प्रिंसिपल ने हमें खेलने के जुर्म में स्कूल से निकाल दिया, तो हमारे माता-पिता को बहाना मिल जाएगा। वह हमें घर में रोक लेंगे। मैं ऐसा कोई कार्य नहीं करना चाहती, जिससे मेरी पढ़ाई में कोई परेशानी आए। वैसे यह स्कूल केवल कक्षा आठ तक है। मुझे नही लगता मेरे माता-पिता इस स्कूल के बाद शहर में किसी स्कूल में दाखिला दिलाएँ। वे तो यहाँ भी पढ़ाना अपनी मजबूरी मानते हैं। मेरे पिता ऐसा क्यों सोचते हैं।"

"बहन। पिताजी की सोच है, लड़कियों को ज्यादा पढ़ाने से लड़कियों के रिश्ते मिलने मुश्किल हो जाते हैं। ज्यादा पढ़ाकर क्या करना है, लड़कियों को केवल इतना पढ़ाना चाहिए, जिससे वह चिट्ठी पत्री पढ़ सकें। लड़कियाँ तो पराया धन हैं। उन्हें पढ़ाकर हमें क्या लाभ वह तो दूसरे घर की शोभा होती हैं। लड़कों को पढ़ाने से अपना कुल रोशन होता है। तुम्हारे पिता की बड़ी गंदी सोच है।"

"बहन मेरे पिताजी की नहीं, हमारे समाज में हर पुरुष की यही सोच है। वह केवल लड़की को एक एक बोझ की तरह मानकर उसको बर्दाश्त करते हैं। इन लोगों को जब भी मौक़ा मिल जाए, वह तुरन्त अपने बोझ को कम करने के लिए उसकी शादी करके अपने कर्त्तव्य को पूरा करने की सोचते हैं। वह यह नहीं सोचते, अगर लड़की पढ़ी लिखी होगी, तो घर का माहौल ठीक होगा।"

"वह कैसे बहन मैं समझी नहीं?"

"बहन ज़रा सोच। मर्द सुबह निकलकर शाम को घर में घुसता है! उसे क्या पता बच्चों ने क्या पढ़ा–या क्या स्कूल का कार्य किया। अगर लड़की पढ़ी लिखी होगी, तो वह अपने बच्चों की शिक्षा पर ध्यान देगी, उन्हें अच्छी शिक्षा मिलेगी। आजकल स्कूलों में कहाँ शिक्षा मिलती है। हम तुम अगर घर पर न पढ़ें, तो पास थोड़े ही हो सकते हैं। अगर हमारी माता–पढ़ी लिखी होती, तो वह शिक्षा के महत्व को समझती, लेकिन वह अनपढ़ होने के नाते पिताजी की हाँ में हाँ करके हमारा ही गला घोंटकर हमें शिक्षा से रोकती है। हमारा भविष्य केवल घर की चार दीवारी में ही अपने पति व सन्तान की सेवा करते–करते समाप्त हो जाता है। हमारी अपनी कोई इच्छा नहीं, हमें बचपन से यही सिखाया जाता है। नारी वही अच्छी होती है, जो घर की चार दीवारी में रहकर अपने कुल और मार्यादा की रक्षा करे।"

बहन यह बचपन हमारे लिए नहीं है। यह बचपन तो केवल लड़कों के लिए है, वह अपने जीवन में हर तरह का आनन्द प्राप्त करते हैं। हमें तो शुरु से ही मर्यादाओं में रहने का पाठ पढ़ाया जाता है। आज तुमने इसका विरोध किया या अपनी इच्छा अपने घर वालों पर थोपने की कोशिश की, तो हम पर ज़माने में और सितम बढ़ा दिये जायेंगे। यही समाज की कड़वी सच्चाई है।"

"बहन तू तो बड़ी–बड़ी बातें करने लगी, ऐसी बातें तो मेरी दादी करती हैं। यह बता बहन तुझे इतना ज्ञान कहाँ से आया।"

बहन में रोज़ गाँव में औरतों के साथ हो रहे अत्याचार को देखती हूँ। औरतों पर हर तरफ ज़ुल्म होता है, औरत ने चाहे ग़लती की हो, या ना की हो, परंतु सज़ा औरत को ही मिलती है। औरत किसी भी दौर में स्वतंत्र नहीं रही। बहन तूने रामायण का पाठ तो सुना होगा।"

"हाँ बहन में रोज़ अपनी माता से रामायण सुनती हूँ।"

"माता से तूने क्या सुना?"

"माता सीता ने राम जी का साथ दिया, उन्हें वनवास नहीं हुआ था, फिर भी वह श्रीराम जी के साथ वन में वनवास की ज़िन्दगी गुज़ारती रहीं। श्री रामचन्द्र जी के साथ उन्होंने दुःख ही दुःख उठाए, आख़िर में लंका के राजा रावण के हाथों सीताजी का हरण हुआ।"

"बस रुक जा। मेरे प्रश्न का उत्तर भी यही है।"

"क्या मतलब।"

"बहन सीताजी का हरण रावण की सोची समझी साज़िश थी। इसका नुक़सान सीताजी को अग्नि परीक्षा देकर करना पड़ा, परन्तु लोग सन्तुष्ट नहीं हुए, लोगों को शान्त और अपना विश्वास जिताने के लिए श्रीराम ने सीताजी का त्याग कर दिया। सीताजी वन में भटकती रहीं, लेकिन यह पुरुष प्रधान देश है, यहाँ केवल पुरुष द्वारा लागू व्यवस्था ही मान्य है। मैं और तू क्या हैं। कुछ नहीं, इस बचपन को भूल जा, केवल आने वाले को ध्यान में रख और शिक्षा पर ध्यान दे। क्योंकि शिक्षा ही तुझे समाज से लड़ने की शक्ति प्रदान करेगी। हमारे नसीब में खेल कहाँ है, इस अवसर को हाथ से जाने मत दे, भविष्य में मौका मिले या न मिले, अब मौक़ा है, चल क्लास में चलते हैं, अपना पाठ याद करते हैं, क्योंकि परिक्षाएँ आने वाली हैं। इस परीक्षा के बाद हमारे पिताजी हमें आगे की शिक्षा नहीं देंगे, क्योंकि आगे की शिक्षा के लिए गाँव में इंतज़ाम नहीं है, उसके लिए शहर जाना पड़ेगा। हमारे पिताजी अपनी लोक लज्जा का बहाना बनाकर, हमें आगे की शिक्षा नहीं दिलाएँगे। बेहतर यही है, कि जो भगवान ने अवसर दिया है, उसका लाभ उठाया जाये।"

"ठीक कहती हो बहन। मैं आज के बाद खेल पर ध्यान नहीं दूँगी, केवल अपना पूरा ध्यान पढ़ाई पर ही दूँगी, जिससे अच्छी से अच्छी शिक्षा पाकर अपना भविष्य सुधार सकूँ। चलो क्लास में चलते हैं।"

इस तरह दोनों क्लास मे जाकर अपनी किताबों का अध्ययन करने लगीं। थोड़ी देर बाद क्लास में टीचर्स आ गई। सब बच्चे टीचर्स को देखकर खड़े हो गए। टीचर्स ने सब बच्चों को बैठने का इशारा करते हुए कहा–

"मेरी प्यारी बच्चियों। यह तुम्हारा इस पाठशाला में आखिरी साल है। इसके बाद सब एक-दूसरे से जुदा हो जाएँगे। कुछ ही लड़कियाँ ऐसी होंगी, जो अपनी पढ़ाई आगे पढ़ सकेंगी। मेरी दिली इच्छा है, कि आप सारी लड़कियाँ आगे पढ़ें और देश व अपने परिवार का सुधार करके देश में नई ऊर्जा प्रदान करें।"

"मैडम यह बात कहने में अच्छी लगती है, लड़का लड़की एक समान, परन्तु वास्तविकता इसके विपरीत है। यहाँ पुरुष ही प्रधान था और भविष्य में रहेगा।"

"ऊषा बेटी! मैं तुम्हारा दर्द समझती हूँ। तुम आगे पढ़ना चाहती हो परन्तु तुम्हें आगे की पढ़ाई नहीं पढ़ने दी जाएगी, लेकिन बेटी निराश मत हो, आज का जो समय है, उसका सदुपयोग करते हुए आगे बढ़ो, हो सकता है भगवान तुम्हारे लिए कोई रास्ता निकाले। बस में यही कह सकती हूँ, आज की फिक्र करो, जो आज आपकी ज़िम्मेदारी है, उसे ईमानदारी व लग्न से पढ़ाई करके समाज को यह दिखा दो, कि पढ़ाई में लड़की कभी लड़कों से पीछे नहीं हैं। अच्छे नम्बरों से पास होकर दिखाओ ताकि तुम्हारे माता-पिता तुम्हारी पढ़ाई से ख़ुश होकर तुम्हें आगे पढ़ाएँ, ताकि तुम पढ़ लिखकर देश की सेवा कर सको! बच्चों, जिसकी जो फीस बाक़ी है, वह जमा करा दो और कुछ किताबें मैं आपको लिख रही हूँ, वह बाज़ार से मंगाकर उन्हें पढ़कर परीक्षा की तैयारी करो!"

टीचर्स ने किताबों के नाम ब्लैकबोर्ड पर लिख दिये। लड़कियों ने किताबों के नाम अपनी डायरी में उतारे और अपने-अपने घर की तरफ ख़ुशी-ख़ुशी आ गईं। शशि भी कुछ उम्मीदें लिए अपने घर वापस आ गई है। घर पर आकर ख़ुशी-ख़ुशी अपने पिता से कहने लगी-

"पिताजी, कुछ दिन बाद हमारी परिक्षाएँ शुरु होने जा रही हैं, मैं अपनी परीक्षा की तैयारी करना चाहती हूँ।"

"हाँ बेटी, अच्छी तैयारी करो और अच्छे नम्बरों से पास होकर दिखलाओ, ताकि मैं भी लोगों से गर्व से कह सकूँ कि मेरी बेटी अच्छे नम्बरों से पास हुई है।"

"पिताजी, मेरी टीचर्स ने कुछ किताबें लिखी हैं, जिनके पढ़ने से मैं परीक्षा में अच्छे नम्बर ला सकती हूँ। आप मुझे यह किताबें ला दें, ताकि मैं परीक्षा की तैयारी कर सकूँ।"

"बेटी, इस समय मेरे पास पैसे नहीं हैं, जो मैं तुझे किताबें लाकर दे सकूँ। जो भी किताबें हैं, उन्हीं से तैयारी कर लो।"

"पिताजी, अगर मेरी जगह तुम्हारा लड़का होता, तो आप उसके लिए किताबें लाकर ज़रुर दे देते। मैं लड़की हूँ, इसलिए आप मुझे नहीं दे सकते। लड़का तुम्हारें कुल का नाम रोशन करेगा, मैं दूसरे घर चली जाऊँगी, इसलिए आप मुझ पर पैसा ख़र्च नहीं करना चाहते।" कहकर रो पड़ी।

पिता को शशि की आँखों से बहते आँसुओं ने पिघला दिया वह बोले-

"बेटी तू दिल छोटा न कर, मैं तेरी ख़ुशी के लिए उधार पैसे लाकर तेरी किताबें ज़रुर लाकर दूँगा। बेटी पिता की निगाहों में बेटा-बेटी एक समान होते हैं। बस पिता होने के नाते डरता हूँ।"

"पिताजी किससे डरते हो।"

"तेरे आने वाले भविष्य से।"

"क्यों?"

"बेटी-हर पिता अपनी लड़की के भविष्य से डरता है, न जाने उसकी ससुराल कैसी मिले। अगर किसी की लड़की दु:खी होती है, तो उसके पिता का समस्त जीवन उसकी चिन्ता में कट जाता है। हर पिता लड़की से नहीं, उसके आने वाले समय को ध्यान में रखकर दु:खी होता है। मैं भी तुझसे नहीं, तेरे भविष्य से दु:खी हो जाता हूँ।"

"पिताजी! भविष्य में क्या लिखा है, किसको पता। इन्सान को अच्छे कर्म करने चाहिए। यही अच्छे कर्म भविष्य में इन्सान के काम आते हैं।"

"ठीक कह रही हो बेटी। लेकिन हम लोग छोटी पूँजी वाले हैं, एक तो आज बेटे वाले दहेज के लिए मुँह फाड़ बैठे रहते हैं। अगर उनकी पसन्द का दहेज़ न मिले, तो लड़की को तरह-तरह की यातनाएँ देते हैं। उन यातनाओं से हर पिता दु:खी हो जाता है। मैं भी एक पिता हूँ, तेरे भविष्य की चिन्ता मुझे खाए जाती है, मैं चाहता हूँ, तुम अपनी आठवीं तक की पढ़ाई पूरी करके घर के काम काज को अच्छी तरह देखो, ताकि कोई अच्छा रिश्ता आ जाए, तो मैं तुम्हारे हाथ पीले करके अपनी ज़िम्मदारी से मुक्ति पाऊँ।"

"पिताजी अगर आपको मेरी शादी के लिए पढ़ाई पूरी करने का इन्तज़ार है, तो अभी पढ़ाई रोककर अपनी जिम्मेदारी पूरी कर लीजिए।"

"बेटी तुम तो मेरी बात का बुरा मान गईं। मेरे कहने का मतलब यह नहीं था, जो तुम समझ बैठीं। इतनी पढ़ाई-लिखाई भी ज़रुरी है, ताकि तुम चिट्ठी पत्री लिख सको। अब तुम केवल अपनी पढ़ाई पर ध्यान देकर अपनी परीक्षा की तैयारी करो। मैं आज ही शहर जाकर तुम्हारे लिए किताबें लाता हूँ। तुम परीक्षा की तैयारी करो।"

पिता ने न चाहते हुए भी, शहर जाकुर अपनी पुत्री के लिए परीक्षा की तैयारी के हेतु किताबें लाकर दी। शशि किताबें पाकर ख़ुश हो गई, और परीक्षा की तैयारी जी जान से करने लगी।

कुछ दिन बाद परीक्षाएँ समाप्त हो गईं। अब शशि को परीक्षा के परिणाम का इन्तज़ार था। कुछ दिन बाद परीक्षा परिणाम घोषित हो गया। शशि स्कूल में प्रथम आई थी। शशि के प्रधानाचार्य ने शशि से पूछा–

"बेटी अब आगे क्या करना है? पढ़ाई जारी रखोगी या . . . ।" प्रधानाचार्य की बात पूरी होने से पूर्व ही शशि के पिता ने कहा–"हमारी इतनी ओक़ात कहाँ, कि हम बिटिया को आगे पढ़ाएँ। इतना पढ़ना लिखना सीख गई है, जो अपना काम चला सके। ज्यादा लड़की को पढ़ाना ठीक नहीं है।"

"ऐसा क्यों सोचते हैं आप?"

"मैडम ऐसा इसलिए सोचना पड़ता है, अगर लड़की पढ़ गई, तो इसके दिमाग़ में पढ़ाई की बू आ जाती है, वह छोटे-मोटे रिश्ते पसंद नहीं करती। अगर हम उसकी शादी कर भी देते हैं, तो जल्द ही उनके रिश्तों में बिखराव आ जाता है। जब स्थिति बड़ी चिन्ताजनक होती है। ज्यादा पढ़कर नौकरी थोड़ी करानी है।" पिता ने अपनी मर्जी प्रकट की।

"सह सोच आपकी ठीक नहीं है।" प्रधानाचार्य ने उसकी बात का विरोध किया।

"मैडम जैसी दुनिया आप सोच रही हैं, यह दुनिया ऐसी नहीं है। इस संसार में अगर कोई बुरी चीज़ है, तो वह ग़रीबी। ग़रीब अच्छे भले इन्सान में सैकड़ों कमी निकाल देती है। मैं एक ग़रीब हूँ। मुझे अपनी औक़ात में रहकर ही अपने सपनों को साकार करना है, लेकिन मैं तो आपसे इतना ही कह सकती हूँ, बच्ची की इच्छाओं को मत मारो, उसे पढ़ा लिखाकर ऐसा कर दो, जो अपने पैरों पर खड़ी हो सके। आपको फिर इसके रिश्ते की चिन्ता भी नहीं रहेगी। नौकरी के लालच में रिश्ता भी अच्छा मिल जाएगा।"

"लेकिन मैडम पढ़ाने के लिए पैसा चाहिए, और मेरी हालत ऐसी नहीं, जो इसे और आगे पढ़ा सकूँ। जितना इसकी क़िस्मत में था, पढ़ लिया, आगे राम जाने, मैं अपने हिसाब का अच्छा और मज़दूर लड़का देखकर इसकी शादी करके अपने कर्त्तव्य का पालन करूँ। यही मेरी इच्छा है।"

"शशि के पिता, अभी इसकी आयु इतनी कहाँ है, जो अभी से इसकी शादी करके, इसकी क्यों ज़िन्दगी बरबाद करना चाहते हो।"

"मैडम हमारे यहाँ इसी आयु में शादी कर दी जाती है, मैं भी वही कर रहा हूँ, जो होता आया है।"

"ठीक है, जैसा आप उचित समझें करें, मेरा काम तो आपको समझाने का था, सो समझा दिया।" वह गहरी सांस छोड़ते हुए बोली।

"ठीक है मैडम अब चलता हूँ, घर में और भी काम देखने हैं। घर में मैं ही अकेला कमाने वाला हूँ, अगर शशि के चक्कर में रहा, तो घर में फाका पड़ जाएगा।" वह उठते हुए बोला।

"भगवान तुम्हें सद्बुद्धि दे।" शशि व उसके पिता पाठशाला से घर आ गए। शशि को अपने भविष्य की चिन्ता खाए जा रही थी। वह सोच रही थी। भगवान तूने ऐसे घर में मुझे जन्म क्यों दिया, जहाँ लड़की की इच्छाओं को दमन हो रहा है, वह चाहकर भी कुछ नहीं कर सकती, शायद मेरे साथ इसलिए यह सब कुछ हो रहा है क्यों कि मैं एक लड़की हूँ। मुझे लड़की होने की सज़ा मिल रही है, मैं कर भी क्या सकती हूँ। सिवाए घुट-घुटकर दम तोड़ने के, यह समाज पुरुष प्रधान समाज है, यहाँ वही सब कुछ होता है, जो पुरुष को अच्छा लगता है। अगर पुरुष यह समझता है, तेरा यहाँ अपमान हो रहा तो झूठी परम्पराओं को निभाने के लिए अपने हाथों से लड़की को मौत के घाट उतार सकता है। यहाँ कम से कम जान तो बची हुई है। इसलिए यही बेहतर है, तू इच्छाओं को मारकर जीने की कला सीख ले।"

इसी तरह वक़्त गुज़रता गया। करीब पढ़ाई के एक वर्ष बाद, पिता जी को शशि के रिश्ते की फिक्र होने लगी। पिता जी ने अपनी पत्नी को पास बैठाकर शशि के रिश्ते के बारे में बातचीत करते हुए कहा–

"हमारी बेटी बड़ी हो गई है। अब तो हमें इसकी शादी की चिन्ता सताए जा रही है। हमारे पास पैसा नहीं है। इसलिए अच्छे रिश्ते मिलना मुश्किल हैं। लाली की शादी की चिन्ता में हम रात–दिन परेशान रहते हैं। भगवान हमारी मदद कर, हमें कोई रास्ता दिखा, जिससे हम कन्या के रूप में दिया गया, तेरा कर्तव्य पूर्ण कर सकें।"

पति–पत्नी बैठे आपस में बात कर ही रहे थे, कि तब ही एक व्यक्ति ने दरवाज़े पर आवाज़ दी।

"रमेश जी हैं क्या?"

"अरे यह आवाज़ तो मनोज की लगती है। चल कर देखा जाए, आज इतनी सबेरे मनोज का हमारे घर कैसे आना हुआ।" रमेश कमरे से उठकर दरवाज़े पर आया, दरवाज़े पर मनोज खड़ा था।

"रमेश बाबू राम–राम।"

"राम–राम भाई। आज इतने दिनों बाद वह भी सबेरे–सबेरे कैसे आना हुआ, सब ख़ैरियत तो है।"

"रमेश सारी बातें दरवाज़े पर ही करोगे, अन्दर नहीं आने दोगे।"

"नहीं, नहीं ऐसी बात नहीं, चलो घर मैं बैठकर बातें करते हैं। दोनों घर में पहुँचे। रमेश की लड़की ने मनोज को देखकर नमस्ते की। मनोज ने भी उत्तर में कहा–"जीती रहो बेटी।"

"रमेश अब तो मेरी बेटी बड़ी हो गई है।"

"अच्छा सा रिश्ता देख, बिटिया की शादी के बारे में सोचो।" पिता बोले।

"मनोज भाई! जिसके घर में जवान लड़की हो, उस पर क्या गुज़रती है, भगवान ही जानता है। मुझे रातों को नींद नहीं आती, बिटिया के बारे में सोचता रहता हूँ। आज लोगों की माँग इतनी हो गई है, जिसे पूरा कर पाना हम जैसे लोगों के बस की बात नहीं। मैं ग़रीब आदमी हूँ। दो–तीन भैंसे व गाय पाल रखी हैं, इन्हीं से घर का गुज़ारा चलता है। मँहगाई आसमान छू रही है। थोड़ा बहुत ही बचा पाता हूँ। मेरे पास इतना पैसा नहीं जो मैं बिटिया की शादी कर सकूँ।" रमेश निराश होकर बोला।

"रमेश दिल छोटा नहीं करते। भगवान सबका है। वह ग़रीब की भी सुनता है, अमीर की भी सुनता है। बस हौंसला रख, भगवान सब कुछ ठीक करेगा। मेरे गाँव में एक लड़का है। उसका पिता मर चुका है, उसकी माँ ने अपने जेठ के साथ विवाह कर लिया था।"

"वैसे उसके भी अपनी औलादा है। उसके पिता की भूमि लड़के के नाम है, वही मालिक है। दोनों का अच्छा गुज़ारा हो सकता है। उन्हें तो ग़रीब घर की कन्या चाहिए, जो अपना घर सम्भाल ले। वैसे लड़का पढ़ा लिखा है। उसने नौकरी के लिए भी कई जगह प्रार्थना– पत्र दे रखे हैं। अगर तेरी बेटी उस घर में चली गई, तो सुख भोगेगी।" मनोज ने बताया।

"ठीक है मनोज भाई तुम उन लोगों से पूछ कर रिश्ते की बात आगे बढ़ाओ।" रमेश ने

स्वीकृति में गर्दन हिलाते हुए कहा।

"ठीक है रमेश तुम चिन्ता न करो। मैं कल गाँव जाऊँगा, वहाँ जाकर सबसे पहले लाली के रिश्ते की बात करता हूँ।"

"मैं तुम्हारा यह अहसान ज़िन्दगी मैं नहीं भूलूँगा।"

"अरे इसमें अहसान की क्या बात है? इन्सान का काम तो इन्सान के काम आना होता है, बल्कि दोस्ती के नाते एक दोस्त का हक़ अदा किया है। अब मैं चलता हूँ, जैसे ही मेरी बात हो जायेगी, आपको आकर बताता हूँ।" मनोज ने तसल्ली दी।

"ठीक है भाई, मैं आपका इन्तज़ार करूँगा।"

कहकर मनोज वहां से चला गया।

दूसरे दिन गाँव में मनोज लड़के के घर पहुंचा–"अरे, मंगत है क्या?"

"आ जा भाई मनोज आ बैठ, आज सुबह–सुबह कैसे आना हुआ।" मंगत ने पूछा। मंगत के पास उसकी घर वाली भी बैठी थी।

"मंगत तेरे लड़के अमित के लिए एक रिश्ता लाया हूँ। लोग ग़रीब हैं, लेकिन लड़की घर के काम बड़ी ख़ूबी से करती है। उसके घर में चार भैंसे दो गाय हैं। उनका न्यार सानी, सब वही लड़की करती है। मुझे तो यह लड़की पसन्द है, अगर चाहो तो एक नज़र लड़की देख लो।"

इसी बीच मंगत उठ कर चला गया, उसके जाने के बाद उसकी पत्नी बोली–

"ठीक है मनोज, हमें तो ऐसी ही लड़की चाहिए थी। जैसा तुम बता रहे हो। मैं तो माँ हूँ, इसीलिए चाहती हूँ, मेरे लड़के का घर बस जाए। इसका पिता तो है नहीं, सौतेला पिता सौतेला होता है। न जाने कब मेरे लड़के की तरफ से दिमाग़ फिर जाए और यह अपने घर से निकाल दे। इस वक़्त तो मेरी मुट्ठी में है। मैं अपने लड़के की शादी जल्द से जल्द करना चाहती हूँ।"

"मैं कल ही लड़की देखना चाहती हूँ। अगर मुझे पसन्द आ गई तो शादी में देर नहीं करूँगी।" मंगत की पत्नी ने कहा।

"ठीक है भाभी तो कल तैयार रहना। मैं बेटी वालों को फोन करके तुम्हारे आने की सूचना दे देता हूँ। जिससे वह आपका स्वागत अच्छी तरह से कर सकें।" कहकर मनोज चला गया।

माँ अपने पुत्र की शादी की यादों में खो गई। वह सोच रही थी, कि मैं अपने पुत्र की शादी

बड़ी धूमधाम से करूँगी। उसका पिता जो मुझ पर अपनी ज़िम्मेदारी छोड़ गया था, उससे मुक्त होने का समय आ गया है। हे भगवान! मुझे शक्ति दे कि मैं अपने कत्तव्यों का पालन ठीक प्रकार से कर सकूँ। यही सोचकर माँ ख़्यालों में बिस्तर पर पड़ी सोचते-सोचते सो गई।

सुबह उठकर मनोज की राह देखने लगी, मनोज भी सुबह तैयार होकर वहां आ गया।

"तैयार हैं भाभी चलने को।"

"मैं तुम्हारा ही इन्तज़ार कर रही थी चलो चलते हैं।"

दोनों साथ-साथ रमेश के घर गये। रमेश मनोज तथा साथ आई माँ की बड़ी आवभगत की गई। माँ के सामने लड़की को लाया गया। लड़की देखकर माँ अपने पुत्र के लिए पसन्द करते हुए बोली-"बेटी तुम्हारा क्या नाम है?"

"जी, मेरा नाम शशि है।" शशि ने झिझकते हुए बताया।

"कहाँ तक पढ़ी हो?" मां ने स्नेहपूर्वक पूछा।

"कक्षा आठ तक ही पढ़ सकी हूँ।" उसने बताया।

"खैर कोई बात नहीं। बेटियों का ज्यादा पढ़ना ठीक नहीं होता। केवल बेटियों को इतना पढ़ना चाहिए, ताकि घर का हिसाब-किताब व चिट्ठी-पत्री पढ़ लें। मुझे लड़की पसन्द है। अगर बाप लड़के के बारे में कुछ पूछना चाहें तो पूछ लें।"

"आपके लड़के का क्या नाम है। कहाँ तक पढ़ा है। लड़के के कितनी ज़मीन है।" लड़के के पिता ने पूछा।

"लड़के का नाम अमित है। वह बी०ए० पास है। नौकरी के लिए दरख़्वास्त दे रखी है। लड़के के नाम पाँच बीघे पक्की ज़मीन है। अब फिलहाल खेती कर रहा है। कुछ दिन में नौकरी भी लग जायेगी।" उसने जवाब दिया।

"बहन जी मैं एक बात पूछना चाहता हूँ, अगर आप बुरा न मानें।"

"नहीं भाई साहब आप हर बात मालूम कर सकते हैं। उतना ही हक़ आपको भी है, लड़के के बारे में मालूमात करने का जितना मुझे है।"

"आपने कहा कि अमित बी०ए० पास है, और मेरी लड़की कक्षा आठ है, फिर आप मेरी लड़की का चयन क्यों करना चाहती हैं। उसे तो अच्छी पढ़ी लिखी लड़की व पैसे वाले लोग मिल

सकते हैं। फिर आपने मेरी लड़की को क्यों चुना?"

"तुमने ठीक कहा, मेरे लड़के के लिए अच्छे-अच्छे घरों से रिश्ते आ रहे हैं, लेकिन मैं चाहती हूँ कि मैं अपने अमित के लिए ऐसी लड़की चुनूँ जो घर को देख सके। बड़े घर की लड़की के विचार भी बड़े होते हैं। मेरे घर का माहौल अभी पुरानी सभ्यता पर है, और मैं नहीं चाहती कि नये विचार की लड़की आकर उसे समाप्त कर दे। मैंने आपकी लड़की में वह सब गुण देखे हैं, जो मुझे चाहिए। इसीलिए मैं चाहती हूँ, कि आपकी लड़की को अपने घर की बहू बनाऊँ। आप भी मेरे लड़के को देख सकते हैं।" लड़के की मां ने कहा।

"नहीं बहन जी हमें आपकी बात पर पूरा भरोसा हैं, हमें रिश्ता मन्ज़ूर है।" शशि के पिता बोले।

"मैं शगुन के तौर पर लड़की को यह अंगूठी जो मेरे साथ में है, पहनाकर अपनी बहू बनाने की रस्म पूरी करना चाहती हूँ।"

"ठीक है मुझे कोई ऐतराज़ नहीं।"

माँ ने शगुन के तौर पर अंगूठी पहना दी।

रमेश ने भी लड़के से मिलने का समय तय कर उसको अंगूठी पहना दी। दोनो तरफ शादी की तैयारी शुरु हो गई। शादी का वह दिन भी आया जब बारात रमेश के दरवाज़े पर पहुँची, रमेश व उसके सगे सम्बन्धियों ने बारात का स्वागत बड़े हर्षोल्लास से किया। रमेश ने अपनी पुत्री के ब्याह में काफी अच्छा दान-दहेज दिया। शाम को रमेश की पुत्री के विदाई का समय भी आया। नम आँखों से रमेश ने अपनी पुत्री को विदा करते हुए, अपने समधि से कहा-

"भाई मैंने अपनी शशि को बड़े लाड प्यार से पाला है। मैंने इसे किसी बात की कमी नहीं होने दी। मैं चाहता हूँ, कि अगर शशि से कुछ ग़लती हो जाए, तो उसे अपनी पुत्री समझकर क्षमा कर देना। ससुराल उसके लिए नया घर है। तुम्हारे तौर तरीके.समझने में शशि को समय लगेगा। मेरी आपसे यही विनती है।"

"रमेश भाई आप कैसी बातें कर रहे हैं। मैं शशि को बहू समझ कर नहीं ले जा रहा हूँ, बेटी मानकर इसे ले जा रहा हूँ। मैं इसे वही प्यार दूँगा, जो एक पिता अपनी पुत्री को देता है।"

"मुझे आपसे यह उम्मीद थी।" रमेश ने नम आँखों से अपनी पुत्री को विदा किया। शशि की

डोली घर से रुख़्सत हुई, रमेश हसरत भरी आँखों से अपनी शशि को जाते हुए देख रहा था। रमेश सोच रहा था, कि यह विधि का विधान है, कि चन्द पलों में मेरी पुत्री भी आज किसी की पत्नी बनकर मुझसे जुदा हो गई है। क्योंकि मैंने इसका कन्यादान कर दिया है। अब इससे मेरा केवल रिश्ता भावनात्मक रह गया है। मैं अपनी पुत्री का कन्यादान कर चुका हूँ। शशि पर मेरा कोई अधिकार नहीं रहा है। अब अगर शशि पर अधिकार है तो केवल शशि के पति का अधिकार है, वही उसका स्वामी है। मेरी ज़िम्मेदारी तो यहीं तक थी, वह अपने पति के घर ख़ुशी-ख़ुशी चली जाए, अब मेरी भगवान से यही प्रार्थना है, कि भगवान शशि को वह सारी ख़ुशी दे जो मैं शशि को नहीं दे पाया।"

शशि कुछ घन्टों सफर के बाद अपनी ससुराल पहुँच गई। ससुराल में लोग गाँव के बाहर बारात की वापसी का इन्तज़ार कर रहे थे। बारात को वापिस आता देख, लोग एक दूसरे से ख़ुशी से कह रहे थे, लो बारात आ गई। घर पहुँचते ही सगे सम्बंधियों ने आतिशबाज़ी के गोले छोड़े औरतों ने शशि को डौली से उतारा, गीत गाती हुई ससुराल की दहलीज़ पर शशि पहुँच गई। दहलीज़ पर शशि की आरती उतारी गई। बड़े सम्मान पूर्वक शशि को घर में लाया गया। थोड़ी देर बाद गाँव की औरतों और अमित के घर की औरतों ने शशि की मुँह दिखाई की, जो भी शशि को देखती, वह यही कहती, बहू तो सुन्दर है, भगवान दोनों की जोड़ी सलामत रखे, दोनों एक दूसरे के लिए भाग्यवान साबित हों। घर में काफी मेहमान हैं। कुछ बाहर से आए हुए हैं। मकान में सिर्फ दो कमरे हैं। घर में जगह कम है, इसीलिए एक दूसरे की परेशानी भूलकर अपने आप ख़ुश हो रहे हैं। शशि के कमरे में भी भीड़ थी, वह चाहकर भी आराम नहीं कर पा रही थी।

घर की औरतें शशि की परेशानी से अच्छी तरह वाक़िफ थीं, लेकिन घर की औरतें चाहकर भी शशि को आराम नहीं दे पा रही थीं। शशि भी इस परेशानी से अच्छी तरह वाक़िफ थी वह ससुराल की परेशानी को अपनी परेशानी महसूस कर रही थी इसीलिए वह अपनी परेशानी भूलकर यही महसूस कर रही थी कि यह सब मेरे मेहमान हैं, इनको परेशानी नहीं होनी चाहिए।

इसी तरह घर में तीन दिन गुज़र गये। इसी बीच शशि की सास ने कहा–

"बहू को हमारे घर तीन दिन हो चुक हैं। घर में बहू को आराम भी नहीं मिला है। बहू के घर वाले प्रतीक्षा में हैं, कि हमारी लड़की अभी तक पग फेरे के लिए भी नहीं आई है। इसलिए मैं

चाहती हूँ, कि बहू को उसके घर छोड़ आऊँ। इस समय अमित भी अपने कार्य से बाहर चला गया है, न जाने अब कब लौटेगा। बेहतर यही होगा कि पग फेरों के बहाने बहू अपने मायके चली जाए, अमित जब आयेगा।"

वही पत्नी को ले आयेगा। घर में सभी लोगों ने माँ का समर्थन किया। शशि की सास शशि को लेकर शशि के मायके आने की तैयारी करने लगी। कुछ देर में तैयारी पूरी हो गई। शशि अपनी सास के साथ अपने मायके चली गई। मायके वाले शशि को अपने घर आता देख बहुत ख़ुश हुए, अगले ही पल सब निराश हो गए। शशि की माँ शशि की सास से आश्चर्य में भरकर पूछा–"क्या जवाई राजा नहीं आए। सब ख़ैरियत तो है। शादी के बाद शशि का पहला फेरा था, ऐसे समय में तो जवाई राजा को साथ आना चाहिए था। ऐसा लगता है, जवाई राजा हमसे नाराज़ हैं। इस कारण शायद नहीं आए।"

"नहीं बहन, ऐसी बात नहीं है, जो आप समझ बैठीं। अमित पानीपत काम करता है। उसे तीन दिन की छुट्टी मिली थी, तीन दिन घर में मेहमानदारी में लग गये, इसलिए उसे अपने काम पर वापिस जाना था।"

"बहन तुम तो जानती हो, आज के दौर में नौकरी छूट जायेगी, तो तुम्हारी लाली और हमारा कितना नुक्सान होगा। यह तो अब अमित का घर हो गया है। अब अमित आता ही रहेगा।" अमित की मां ने समझाया।

"नहीं बहन, मेरे कहने का मतलब यह नहीं था, जो आप समझ बैठीं, दुनिया के साथ समाज को भी देखना पड़ता हैं, गाँव के लागे यह पूछेंगे, कि शशि पहली बार अपनी ससुराल से अपने मायके आई है, लेकिन उसका पति नहीं आया। दुनिया वाले दस तरह की बात बनायेंगे। कोई कहेगा, कि शशि अपने पति को पसन्द नही आई, कोई कहेगा शायद दहेज़ कम दिया है। इस वजह से दूल्हा राजा नाराज़ हैं। यह तो दुनिया है, कौन क्या मुँह से बक दे। मारते का हाथ पकड़ा जा सकता है, कहते की ज़ुबान नहीं, बहन, अमित के आने से तुम्हारी और हमारी इज़्ज़त बंधी रहती, खैर कोई बात नही, अब जैसा होगा, बात को तो सम्भालना ही पड़ेगा।"

"बहन सही कर रही हो, लेकिन हमारी जो मजबूरी थी, हमने आपके सामने रख दी।"

"चलो जैसा होगा, देखा जायेगा। आप दिल छोटा न करो, काफी दूर से चलकर आई हो,

थक गई होंगी, आराम कर लो।

"शशि की माँ शशि को आराम के लिए कमरे में ले गई। थोड़ी देर में नाश्ता तैयार हो गया। घर की सभी औरतों ने एक साथ बैठकर नाश्ता किया। नाश्ते के बाद शशि की सास आराम करने के लिए लेट जाती है। घर में दोपहर के खाने की तैयारी शुरु हो गई। कुछ घन्टों में दोपहर का खाना तैयार हो गया। सभी ने एक साथ बैठकर खाना खाया, खाने के बाद शशि की सास ने अपनी समधन से कहा–

"अब मैं चलती हूँ।"

"अरे, ऐसी भी क्या जल्दी है, दो तीन दिन रुक कर जाइये, इस बहाने हमें आपकी सेवा करने को अवसर भी मिल जाएगा।"

"नहीं बहन! तुम तो जानती हो, घर की सारी ज़िम्मेदारी मेरे ही सिर है, घर में भैंसे हैं, उनका न्यार फूँस करना है। दूध निकलवाकर डेरी पर भेजना है। मेरे नसीब में आराम कहाँ–फिर आऊँगी।"

"जैसी आपकी मर्ज़ी।"

शशि की माँ ने शशि की सास को कुछ तोहफों में सामान दिया, और हंसी ख़ुशी अपने घर से अलविदा किया। शशि की सास के जाने के बाद शशि की सहेलियों ने शशि को घेर लिया और पूछने लगी–

"शशि हमारे जीजा जी कैसे हैं, उनकी आदत कैसी है। तुझे पसन्द आए या नहीं, दोनों की रात में कैसी मुलाक़ात रही, शशि कुछ तो बताओ।"

शशि शर्माति हुए बोली–"बहन सही पूछो तो अभी मैंने तुम्हारे जीजा जी को देखा ही नहीं।"

"क्या मतलब, जैसी घर से गई थी, वैसी ही वापस आ गई।" सहेलिया आश्चर्य से बोली।

"सही कह रही हो बहन! मेरी ससुराल का घर बहुत छोटा है, केवल उसमें दो कमरे थे। मेहमान इतने थे, कि पाँव रखने की जगह नहीं थी। मैं जिस कमरे में थी, उसी में दस औरतें भरी थीं, तो बताओ ऐसे में कैसे मुलाक़ात हो जाती।" शशि निराश होकर बोली–"तो मेहमान तीन दिन तक रहे। उन्हें तीन दिन की छुट्टी मिली थी, वह मेहमानी के भेंट चढ़ गई, वह अपने काम से पानीपत वापिस चले गये।"

"तुझसे मिलकर तो गये होंगें।" सहेली ने पूछा

"नहीं बहन, इतना मौक़ा ही नहीं मिला, बहन मुझसे मिलते। मैं ख़ुद उनसे मुलाक़ात करना चाहती थी, लेकिन घर में मेहमानों की वजह से बात नहीं कर पाई।"

"बहन तू बात नहीं कर पाई थी, तो यह फ़र्ज़ उनका बनता था, कि वह जैसे भी चाहते, बात करने की कोशिश करते। मुझे लगता है, बात कुछ और है, जो तू बताना नहीं चाहती।" सहेलियों ने हैरानी से कहा।

"बहन मेरे साथ जो बीती वह मैंने बता दी। अब तुम जो भी अन्दाज़ा लगाना चाहती हो लगाती रहो।" वह मुंह बनाकर बोली।

"बहन तुम हमें ग़लत मत समझ, आज के युग में ऐसा कोई पुरुष नहीं है, जो अपनी नई नवेली दुल्हन को इस तरह छोड़कर चला जाए। हमें दाल में काला लगता है। यह बात आज नहीं कल सामने ज़रूर आयेगी। भगवान तेरे साथ न्याय करे, हम तो यही कह सकते हैं।"

"दुःखी मन से शशि की सहेली उसके पास से उठ-उठकर चली गईं। अब शशि कमरे में अकेली थी। शशि सोच रही थी, जो मेरी सहेली कहकर गई है, क्या यह बात सही है। मेरे पति मुझसे कम से कम झूठों को ही मेरी ख़ैरियत मालूम कर लेते, मुझे तसल्ली हो जाती। अभी तक मेरे पति मुझसे मिलने की ज़रुरत महसूस नहीं कर रहे हैं। मुझे तो ऐसा लगता है, कि मैं उन्हें शायद पसन्द नहीं आई, उन्होंने यह शादी केवल अपनी माँ की ख़ुशी के लिए की है, या यूँ समझूँ यह शादी माँ ने उनकी मर्ज़ी के ख़िलाफ़ की है, कुछ भी हो मुझे इन माँ-बेटों के बीच में शायद सारी उम्र पिसना पड़े, फिर अगले पल शशि यह सोचती मैं अपने पति से कम पढ़ी लिखी हूँ, मुझमें वह सब चटक-मटक नहीं है, जो एक पढ़ी-लिखी महिला में होती है। शायद मैं इतनी ख़ूबसूरत नहीं हूँ। जितना वह चाहते थे। मैं तो एक घरेलू लड़की हूँ।

शायद उन्हें फैशन वाली लड़की चाहिए थी। मैं अब क्या करूँ, अपनी नसीब को दोष दूँ, या माता-पिता को, हो सकता है, मेरे माता-पिता की ग़रीबी की सज़ा मुझे मेरे पति के रुप में मिली हो। संसार में अगर सबसे बड़ी चीज़ है, तो पैसा ही है, जिसको लोग संसार में पहला स्थान देते हैं। मेरे माता-पिता के पास पैसा नहीं था। इसलिए मेरी शादी पढ़े लिखे पति से शायद इसलिए कर दी, कि इन्हें एक नौकरानी की ज़रुरत थी जो उन्हें मिल गई। इन लोगों को बहू नहीं

नौकरानी चाहिए थीं शायद मेरा यही नसीब है।

मैं बग़ावत भी नहीं कर सकती, क्योंकि दुनिया में अगर बुरी चीज़ है तो वह ग़रीबी है। मेरे पिता को क्या पता, उनकी लाडली पर क्या गुज़र रही है, वह तो शायद इसीलिए ख़ुश हैं, कि भगवान ने उनका एक बोझ हल्का कर दिया। उनका भी सोचना अपनी जगह सही है। ग़रीबी में कन्या अपने माता-पिता पर एक बोझ समान होती है, वह तिनका-तिनका जोड़कर अपनी पुत्री की शादी करता है। शादी के बाद हर माता-पिता यह सोचता है कि उसने अपना कर्तव्य पूरा कर दिया है। आगे उसकी पुत्री पर क्या गुज़रती है, वही जाने, क्योंकि इस संसार में कोई किसी के दुःख का साथी नहीं है। उसे यह दुःख स्वंय सहन करके जीना है। शशि अब किस्मत को दोष देने से कोई लाभ नहीं है, जो मेरी क़िस्मत में होना था, हो गया, अब आगे की मंज़िल मुझे स्वंय तय करनी है। भगवान अब मेरी ज़िन्दगी तेरे भरोसे है, तू जैसे दिन दिखायेगा, अब वही देखना है। शशि दिन रात यही सोचती रहती थी।

इसी तरह शशि को तीन माह का समय गुज़र गया। ससुराल से कोई सूचना नहीं आई। दोपहर का समय था। गर्मी का मौसम था। शशि नीम के पेड़ के नीचे अपनी खटिया पर बैठी, अपने पति के ख़्यालों में खोई हुई थी, तभी दरवाज़े पर एक गाड़ी आकर रुकी। गाड़ी की आवाज़ सुनकर शशि उठकर बैठ गई और दरवाज़े की तरफ झाँक कर देखने लगी उसे महसूस हुआ, कि कोई घर पर आया। शशि ने दरवाज़े पर पहुँचकर दरवाज़ा खोला। दरवाज़ा खोलते ही सासु माँ दिखाई दीं। शशि ख़ुशी-ख़ुशी सासु माँ के चरण स्पर्श कर गाड़ी में झांकने लगी। गाड़ी में कोई और नहीं था। वह सहम गई। केवल सास को देखकर शशि उदास हो गई। सासु ने शशि का चेहरा पढ़ लिया था। वह मुस्कराकर पूछने लगी–"बेटी, अमित को देख रही हो?"

"जी माँ जी।"

"वह नहीं आया, हमारे यहाँ यही परम्परा है, बहू को लेने लड़का नहीं आता, माँ या उसके पिता जी आते हैं। इसलिए मैं तुम्हें लेने आई हूँ।" सास ने स्नेहपूर्वक समझाया।

शशि ऊपरी दिल से मुस्करा दी, फिर अपनी सासू को घर में ले आई। घर में शशि की माँ व पिता उसकी सास को देखकर ख़ुश हो गए। सारा घर शशि की सास की आवभगत में लग गया। थोड़ी देर बाद खाना तैयार हो गया। घर के सभी लोग एक साथ बैठकर खाना खाने बैठ

गए। खाने के बाद, शशि की सास अपने आने का मक़सद बताते हुए कहने लगी-

"मैं शशि को लेने आयी हूँ, अमित पानीपत से वापस आ गया है।"

"साथ में अमित को क्यों नही लाईं?" शशि के पिता ने पूछा।

"हमारे यहाँ लड़की को लेने लड़का नहीं जाता, उसके माता-पिता ही आते हैं। अब तो अमित इस घर का दामाद हो गया है। पुत्री का आना-जाना होगा। हम तो जब तक आते-जाते रहेंगे, तब तक हमारी बहू के कोई बाल बच्चा नहीं होता, बच्चे के बाद अमित ही बहू को लेने आया करेगा।" सास मुस्कुराते हुए बोली।

"ठीक है। हम इससे ज्यादा क्या कहें। हम तो इतना ही कह सकते हैं, यही दिन होते हैं, दामाद के ससुराल आने के, जब से शादी हुई है, दामाद हमारे घर आये ही नहीं।" शशि की मां उदास होकर कहने लगी।

"बहन, दिल छोटा न करो, ऐसा नहीं है, जो तुम समझ रही हो। हम और तुम देहात से जुड़े हैं। देहात की कुछ परम्पराएँ हैं, जिन्हें हमें निभानी पड़ती है। वैसे हमारे दिल में ऐसी कोई बात नहीं है, जो तुम समझ रही हो।"

"नही, बहन ऐसी बात नहीं है। गाँव के लोग हमारी तरफ भी उंगली उठाते हैं, शादी के बाद जवाई राजा एक दिन भी नहीं आए, हम किस-किस को जवाब दें। हम तो वही आस लगाए बैठे थे, कि लड़की को लेने जवाई राजा, आपके साथ आयें, नहीं आये तो कोई बात नहीं, हम तो इसमें भी खुश हैं। हमारी ख़ुशी तो आपकी ख़ुशी में है, हमें तो सिर्फ अपनी लड़की का हित देखना है। आना-जाना तो अलग की बात है। तुम्हारा प्यार सदा इसी तरह हमारी लड़की के साथ बना रहे।" शशि की मां ने दिल साधकर कहा।

"मैं आपको यक़ीन दिलाती हूँ। शशि को किसी तरह की परेशानी नहीं होने दूँगी। मैंने शशि को बेटी माना है। मैं बेटी की तरह इसको प्यार दूँगी। मैं इससे ज्यादा और कुछ भी नहीं कर सकती, मेरे लिए शशि क्या चीज़ है यह मैं आपको अपना कलेजा खोलकर तो नहीं दिखा सकती, शशि मेरे पति का वंश आगे चलायेगी, भला मैं क्यों इसकी अपेक्षा करूँगी। मैं यही चाहूँगी, कि यह हर तरह ख़ुश रहकर अपनी ज़िन्दगी आदरपूर्वक जिये।" सास ने समझाया।

"हमें आपसे यही उम्मीद है। बहनजी, किसी ने सच ही कहा है, कि अगर किसी की सन्तान

ख़ुशी, तो उसका संसार ख़ुशी, अगर किसी की सन्तान दुःखी, उसका संसार दुःखी। हम तो अपनी सन्तान की ख़ुशी आपके रूप में देख रहे हैं। हमें पूरा भरोसा है, कि आप हमारी शशि को हर तरह से ख़ुश रखेंगी। हर माता-पिता यही चाहते हैं, कि उसकी सन्तान संसार का हर सुख भोगे।"

"मैं शशि को आज ही ले जाना चाहती हूँ।" सास ने अपनी मर्जी बताई।

"ठीक है। हम अभी इसी समय शशि को तैयार कर देते हैं, शशि आपकी अमानत है।" कहकर पिता ने शशि को तैयार होने को कहा–

"शशि ख़ुशी-ख़ुशी अपनी ससुराल जाने के लिए तैयार होने चली गई। कुछ समय पश्चात शशि तैयार होकर आ गई। सास व शशि उसी गाड़ी से अपने घर लौट गईं। ससुराल में चार लोग थे। सास, देवर, ससुर और एक उसका पति अमित। शशि के आने की ख़बर सुनकर मौहल्ले की औरतें शशि को देखने पहुंच गईं। मौहल्ले की औरतें एक दूसरे से कह रही थीं–

"बहू तो सुन्दर है। लगता है, किसी ग़रीब घर की है। न जाने हमारे गाँव की बुढ़िया ने ग़रीब घर में क्यों अपने बेटे की शादी की है। लगता है, इसमें कोई राज़ है। हमें क्या, यह जाने इनका काम जाने। यह ज़रूर है, बुढ़िया ने यह अच्छा काम किया अमित की शादी कर दी।"

"क्यों बहन इसमे क्या बड़ी बात हुई। हर माता-पिता यही चाहते हैं, अपने बच्चे की शादी बड़ी धूमधाम से करें। इसी ने कर दी तो कौन सा तीर मार दिया। बहन अमित का पिता यह सगा नहीं है।" एक स्त्री ने कहा।

"क्या मतलब।" सभी औरतें चौंकी।

"जब अमित छोटा था, तो इसके पिता को देहान्त हो गया था, इसने अपने जेठ से कराव कर लिया था।" उसने बताया।

"यह बात है। फिर तो बहन तू ठीक कह रही है। इसके भी बच्चे हैं, इन्हें इनकी भी शादी करनी है।" औरतों ने सहमति में गर्दन हिलाई।

"चलो बहन जो हुआ अच्छा हुआ। अमित बहुत सीधा है वह तो किसी के पास उठता बैठता भी नहीं है। पता नहीं अपनी गृहस्थी कैसे चलाएगा।" तीसरी स्त्री बोली।

"ठीक कह रही हो बहन! बच्चे की ज़िन्दगी में माता पिता की अधिक आवश्यकता होती है।

अगर दोनों में से एक भी कम हो जाए, उसका असर बच्चे की ज़िन्दगी पर ज़रूर पड़ता है। बच्चा कहे या न कहे परन्तु उसकी ज़िन्दगी में कमी ज़रूर दिखती है। बच्चे का मानसिक विकास रुक जाता है, जैसाकि अमित के साथ हुआ। अमित की ज़िन्दगी में अपने पिता की कमी दिखाई देती है। वह चुपचुप रहता है, किसी से बात नहीं करता, वरना जवान उम्र में बच्चे की अठखेलियाँ उसे सिर चढ़कर बोलती हैं। अमित की ज़िन्दगी में ऐसा कुछ भी नहीं दिखाई देता, बुढ़िया ने अमित की शादी तो ज़रूर कर दी, परन्तु अमित ख़ुश भी रह पायेगा या नहीं, कुछ नहीं कहा जा सकता, मैं तो सिर्फ इतना कहती हूँ, इसकी पत्नी शायद इसकी ज़िन्दगी में बहार ले आये। अगर ऐसा होता है, तो यह चमत्कार से कम नहीं होगा।" एक अन्य स्त्री ने कहा।

"चलो काफी समय बहू देखने में लग गया। घर का सारा काम पड़ा है।" उसे भी देखना है। कहकर पड़ौस की औरतें अपने-अपने घर की ओर चल दीं। धीरे-धीरे शाम का समय भी हो गया। सास शशि को उसके कमरे में ले गई।

"बेटी! यह तेरा कमरा है। आज तेरी ज़िन्दगी की शुरुआत है। मैंने आज अमित का फर्ज पूरा कर दिया है। आज से तू ही अमित की देखभाल व घर की ज़िम्मेदारी निभायेगी।"

कहकर सास हँसती हुई कमरे से बाहर चली गई। कुछ समय पश्चात् अमित भी कमरे में आ गया। कमरे का दरवाज़ा उसने बन्द कर दिया था। कुछ समय पश्चात् अमित शशि से बोला–"शशि तुम मेरी पत्नी हो।"

"इसमें भी कोई शक है।" शशि ने कहा।

"नहीं मेरे कहने का मतलब यह नहीं था, जो आप समझ बैठीं।" उसने बात को संभालते हुए कहा।

"फिर आप क्या कहना चाहते हो, साफ-साफ कहो।" शशि आश्चर्य में भरकर बोली।

"मैं अपनी ज़िन्दगी की शुरुआत करने से पहले अपनी ज़िन्दगी का सच आपके सामने रख देता हूँ।"

"ऐसी कौन सी बात है, जो आप इस तरह सहमे हुए हैं। आज की रात हम दोनो की पहली रात है और पहली रात में इस तरह की मायूसी, मैं इसका मतलब नहीं समझी।" शशि के चेहरे पर आश्चर्य के भाव थे।

"शशि मैं घर में सबसे बड़ा हूँ। इसलिए सारी ज़िम्मेदारी मेरी है। इन जिम्मेदारियों को पूरा करने के लिए मैं अपने दिल की बात आज तक किसी से नहीं कह सका। अगर कहता भी तो कौन सुनता, घर वालों को तो एक नौकर की आवश्यकता थी और है। उन्हें इससे कोई मतलब नहीं, कि अमित को क्या दु:ख दर्द है।" वह निराश होकर बोला।

"क्या आप खेती नहीं करते?"

"नहीं ऐसी बात नहीं, खेती की तो सारी ज़िम्मेदारी मेरी है। जब फसल तैयार होकर आती है, और उसके बिकने का नम्बर आता है, तो उसका मालिक मेरा पिता हो जाता है। मुझे खर्च के लिए दस रुपये भी नहीं दिये जाते। मैं सिर्फ रोटी और कपड़े पर ज़िन्दा हूँ। शायद यही मेरी ज़िन्दगी है, इससे ज्यादा और कुछ नहीं, मुझे नहीं पता आगे की ज़िन्दगी कैसे कटेगी।" अमित दु:खी होकर बोला।

"घबराओ नहीं, भगवान पर भरोसा रखो, वह सब ठीक करेगा।"

"शशि क्या ठीक होगा, जिसकी ज़िन्दगी में दु:ख ही दु:ख हों, वह कैसे ख़ुश रह सकता है।" अमित ने मायूस होकर कहा।

"इससे भी बड़ा एक और दुख है।"

"उसे भी बताकर अपने मन को बोझ हल्क कर लो।"

"मैं तुम्हारे लायक नहीं हूँ।" अमित ने स्पष्ट स्वर में कहा।

"क्या मतलब?" वह चौंकी।

"मैं नामर्द हूँ।"

"यह क्या कह रहे हैं आप?" शशि की आंखें फटी की फटी रह गईं।

"मैं सही कह रहा हूँ शशि।" अमित ने विश्वास दिलाया।

"यह इतनी बड़ी बीमारी नहीं है, जिसका इलाज न हो सके।"

"शशि इलाज के लिए पैसा चाहिए और पैसे के बिना इलाज ने हो सके।"

"मैं आपका इलाज कराऊँगी।" शशि ने तसल्ली दी।

"कैसे, जब मेरी माँ को ही चिन्ता न हुई, तुम तो मेरी ज़िन्दगी में आज आई हो।" अमित ने उसकी ओर देखते हुए कहा।

"मैं अब आपकी पत्नी हूँ। पत्नी के नाते तुम्हारा दुःख मेरा दुःख है। आप यह बात दिमाग़ से निकाल दें, कुछ नहीं हो सकता इन्सान अपनी ज़िन्दगी की शुरुआत कहीं से भी ख़ेर सकता है।" शशि हमदर्दी के साथ बोली।

"मैं टूट चुका हूँ, शशि मेरे अन्दर अब इतनी हिम्मत नहीं है, कि मैं ज़िन्दगी से लड़ सकूँ। मैं सिर्फ तुम से क्षमा माँगने के अलावा और कुछ नहीं कह सकता। रात बहुत हो चुकी है, तुम थकी हुई हो सो जाओ। फिर बात करेंगे।" कहकर अमित बिस्तर पर लेट गया। शशि अपनी क़िस्मत पर रोती रही और सोचती रही।

'भगवान मेरे पिता की ग़रीबी ने मुझे यह दिन दिखाए काश मेरा पिता भी अगर पैसे वाला होता तो मेरी शादी ऐसे घराने में न करता। उसे तो ग़रीबी का भय खा गया। दहेज़ नहीं देना पड़ा, मेरी ज़िन्दगी सदा के लिए ख़राब हो गई। अब मैं कहा जाऊँ। यही सोच, रोते-रोते सो गई।'

सुबह जब आँख खुली अमित कमरे में नहीं था। शशि उठी, चेहरे पर अजीब तरह की उदासी थी। कमरे में सास शशि के चेहरे की कहानी भाँप गई। रात को शायद कुछ अनर्थ ज़रूर हुआ है, जो बहु इतनी दुःखी है। यह सोच सास ने बहु से पूछा-"बहु सब ख़ैरियत तो है, अमित कहाँ है?"

शशि चुप रही, उसकी आँखों से आँसू बह रहे थे। सास शशि की आँखों में आँसू देखकर और परेशान हो गई।

"बहु कुछ तो बताओ हुआ क्या है?" सास परेशान होकर बोली।

"सासू जी, यह बात आप अपने बेटे से पूछो तो ज्यादा बेहतर है। मैं तो शादी के बाद भी अभागन की ज़िन्दगी गुज़ारने पर मजबूर हूँ।" वह रोते हुए बोली।

"ऐसी मनहूस बात क्यों निकाल रही है, हमने शादी इसलिए थोड़े ही की है, कि एक ही रात में तू हमें मनहूस कहने लगी। अमित को आने दे। मैं उसी से पूछूँगी कि क्या बात है?" सास ने उसकी ओर आश्चर्य से देखते हुए कहा।

शशि रोती रही। सास बुरा मुँह बनाती हुई, शशि के कमरे से बाहर चली वह सोच रही थी कि 'रात ही बहु आई है और सुबह किस तरह की बात कर रही है। यह क्या हो गया। मैंने तो अमित के बारे में अच्छा ही सोचा था, परन्तु यह सब उल्टा कैसे हो गया। भगवान ख़ेर करे।'

सास इसी सोच में घर के आँगन में बैठकर अमित का इन्तज़ार करने लगी। अमित सुबह का गया शाम तक घर वापस नहीं लौटता, शशि भी अपने कमरे में बन्द अपनी क़िस्मत को रो रही थी। इसी इन्तज़ार में रात्रि के दस बज गए। अमित घर में दाखिल हुआ। माँ गुस्से में बैठी थी, अमित को देख गुस्से से भड़क उठी।

"कहाँ गया था। मेरी बहु तेरी सुबह से बैठी राह तक रही है। अब रात्रि के दस बजे हैं। मेरा ख़्याल न सही, अपनी बहू का तो ख़्याल करता, वह सुबह से अपने कमरे में बैठी रोये जा रही है। ऐसा तूने क्या कह दिया, जो वह अपने को अभागन कह रही है।"

"माँ वह सही कह रही है?"

"क्या मतलब मुझे बता क्या बात है? क्या बहू तुझे पसन्द नहीं आई?" मां ने हैरानी से पूछा।

"नहीं माँ ऐसी बात नहीं। मैं ही उसके क़ाबिल नहीं हूँ।" अमित निराश होकर बोला।

"मरे तुझमें क्या कमी है, जो तू उसके क़ाबिल नहीं है।" मां झल्लाकर बोली।

"माँ, मेरे में ताक़त नहीं है जो एक औरत के पास जाने के लिए ज़रूरी है। मैं किसी औरत के पास जाने लायक़ नहीं हूँ।" अमित ने झिझकते हुए बताया।

उसकी बात सुनकर माँ सदमें में अपना सिर पकड़ कर बैठ गई। फिर उसने अमित से पूछा–"तूने यह बात मुझे शादी से पहले क्यों नहीं बताई।"

"माँ तूने इतना समय दिया ही कब है। मैं तेरे सामने अपनी बीमारी कैसे बताता।" वह बोला।

"अगर मुझे नहीं बता सका, तो फिर इसका इलाज कैसे कराती।"

"माँ मेरे पास पैसा ही कहाँ था। जब फसल कटकर बाज़ार जाती, तो पिताजी जाते थे। तूने तो कभी यह तक नहीं कहा, यह ले दस रुपये। मेरा खर्च भी है। उस तरफ तूने कहाँ ध्यान दिया, तूने तो मुझे एक कोल्हू के बैल की तरह समझकर मेरी परवरिश की, कभी तूने माँ का प्यार मुझे नहीं दिया, तू सदा अपने ही प्यार व सुख–सुविधा में खोई रही, तू यह भूल गई, कि तेरा भी कोई बेटा है। काश मेरा पिता जीवित होता तो मुझे यह दिन न देखना पड़ता। आज मेरी जो हालत है, सिर्फ तेरी वजह से है।" अमित ने शिकायत की।

"बेटा, सही कह रहा है। इन्सान को खाने पीने के अलावा ममता की आवश्यकता होती है, जो मैंने तुझे नहीं दी, मैं तेरी गुनहगार हूँ। इसका पश्चाताप मैं ही करूँगी।" मां ने शर्मिन्दगी के

साथ कहा।

"तू कैसे पश्चाताप करेगी।" अमित ने प्रश्न किया।

"इसकी तू चिंता न कर। यह मेरे सोचने का काम है। घर में बहू आई है, इसकी पूर्ति भी मुझे ही करनी पड़ेगी।"

यह कहकर सास उठकर अपने छोटे बेटे के कमरे में चली गई। अमित माँ के अगले क़दम की प्रतीक्षा में था और सोच रहा था, माँ क्या कह गई है। इसी सोच में अमित अपने कमरे में ना जाकर अपने बाहर की बैठक में जाकर लेट गया।

उधर अमित का भाई अपने कमरे में सो रहा था। माँ ने उसे उठाया। माँ की आवाज़ सुनकर अमित का भाई खड़ा हो गया और चौंक कर मां से पूछा–"माँ इतनी रात को मेरे कमरे में, सब ख़ैरियत तो है, पिता जी की तबीयत तो ठीक है।"

"हाँ सुधीर सब ठीक है। आज हमारे खानदान की इज़्ज़त का सवाल है। तुझे ख़ानदान की इज़्ज़त बचानी है।" मां ने निराश होकर कहा।

"माँ इतनी रात को कौन सा दुश्मन आ गया, जिससे ख़ानदान ख़तरे में पड़ गया।"

"बेटा तुझे इस समय अमित के कमरे में जाना होगा।" मां ने बताया।

"माँ क्यों?"

"यह सोचने का समय नहीं है। अमित इस हालत में नहीं है, जो हमारे ख़ानदान को वारिस दे सके। उसकी ज़िम्मेदारी भी आज तुझे निभानी होगी।" मां ने समझाया।

"माँ यह कैसे हो सकता है?"

"इस समय सोचने का समय नहीं है। इस बात का पता केवल मुझे, अमित और बहू को है। कल बहू अगर अपने पीहर चली गई और उसने यह बात अपने घर वालों को बता दी, तो हमारी नाक कट जाएगी, हम समाज और गाँव में मुँह दिखाने के लायक नहीं रहेंगें, तुझे वही सब कुछ करना है, जो एक पति अपनी पत्नी के साथ करता है। इस समय तू ही है जो कुल की रक्षा कर सकता है।"

"ठीक है, अगर तू यही चाहती है, तो तेरी आज्ञा से यह भी करूँगा।" कुछ देर बाद कहकर सुधीर रात्रि में शशि के कमरे में दाख़िल हुआ। उस समय शशि कच्ची नींद में थी। सुधीर ने जैसे

ही शशि को हाथ लगाया, वह चौंक कर खड़ी हो गई।

"यह क्या बदतमीज़ी है। मैं तुम्हारी भाभी लगती हूँ। तुम्हें इतनी रात में मेरे कमरे में नहीं आना चाहिए।"

"शशि यह बात करने का समय नहीं है।" इतना कहकर सुधीर ने शशि के मुँह पर हाथ रखकर ज़बरदस्ती उसे पलंग पर लिटाकर, उसकी इज़्ज़त से खेलने लगा।। शशि ने शोर मचाने की कोशिश भी की, परन्तु नाकाम रही।

थोड़ी देर बाद सुधीर शशि की इच्छा के विरुद्ध शशि से सहवास कर लेने में सफल हो गया। शशि बेबस आँखों से सुधीर को देखती रही, और सोचती रही वह क्या करे। सुधीर रात भर शशि के कमरे में रहा, सुबह होते ही वह अपने कमरे में आ गया। शशि रात की घटना का विरोध करने अपनी सास के पास पहुंची।

"माँ मेरे कमरे में सुधीर ने वही सब कुछ किया, जो एक पति अपनी पत्नी के साथ करता है। मैं समाज में किसी को मुँह दिखाने लायक नहीं रही, मुझे मेरे घर पहुँचा दो, मैं ऐसे नर्क में अपना जीवन नहीं जी सकती।" शशि ने रोते हुए कहा।

"बहू इसमे हर्ज ही क्या है? वह अपनी मजीर्. से तेरे कमरे में नहीं गया था, उसे मैंने ही तेरे कमरे में भेजा था। मुझे अमित का वंश चलाने के लिए ऐसा करना पड़ा। तू पत्नी तो अमित की ही कहलाएगी, किसी को क्या पता यह सन्तान अमित की है, या सुधीर की है। मैंने अपना धर्म का पालन किया है और रही तेरे घर भेजने की बात वह तो भूल जा, अगर तूने किसी से इसका ज़िक्र भी किया, तो हम से ज्यादा तेरी बदनामी होगी। तेरा पिता इतना मालदार नहीं, जो तेरी दूसरी शादी कहीं और कर दें, तुझे यहाँ हर चीज़ की सुख सुविधा का आराम है। तुझे क्या चाहिए रोटी कपड़ा, जो मैं देने को तैयार हूँ, अब जा नहा धो ले।"

इतना सुनकर शशि के होश उड़ गये, वह कभी अपने घर की ग़रीबी के बारे में सोचती और कभी अपनी छोटी बहन की शादी के बारे में सोचती, शशि के सामने कोई रास्ता नज़र नहीं आ रहा था, वह क्या करे। शशि अन्दर ही अन्दर घुटन महसूस करके अपने औरत होने को कोस रही थी। वह सोच रही थी। समाज में लोग पुरुष को बदनाम करते हैं, कि वह नारी का शोषण करता है, परन्तु यहाँ तो एक नारी के इशारे पर एक नारी का शोषण किया जा रहा है। मैं इस

हालत में भी नहीं हूँ, इसका विरोध करूँ। विरोध करके भी मुझे क्या मिलेगा। समाज की नफरत, यह कोई नहीं देखेगा, कि इसके साथ ज़्यादती हुई है बल्कि यह कहेंगे कि यही अपने घर से बिगड़ी हुई आई है। शायद मेरी क़िस्मत में यही लिखा था। इसी को अपनी क़िस्मत मानकर अपने पिता व ख़ानदान क इज़्ज़त समझकर ऐसे ही रहे, वरना बात अगर मुँह से निकली, तो दोनों ख़ानदानों की बदनामी के अलावा और कुछ हाथ नहीं लगेगा।' इसी सोच में शशि अपना ग़म अन्दर रखकर समाज की बदनामी से बचने के लिए अपने देवर के साथ समय बिताने पर मजबूर हो गई।

वक़्त गुज़रता गया, कुछ माह बाद शशि गर्भवती हो गई। गर्भवती सुनकर सास खिलखिला उठी। सास ने शशि की काफी देखभाल शुरु कर दी, उसके खाने पीने दवा का अच्छा इन्तज़ाम किया गया। सास गाँव की औरतों से कहती थी-"अब कुछ माह बाद मैं दादी बन जाऊँगी, हमारे घर के आँगन में बच्चे की किलकारी गूँजेगी, कम से कम अमित का वंश तो आगे बढ़ेगा। अमित को बेटा ही होगा। जो अमित के वंश को आगे बढ़ाएगा।"

गाँव की औरतें सास की बातों में हाँ में हाँ कर देतीं। सास अब फूले नहीं समा रही थी। उसे तो सिर्फ शशि की गोद में केवल अपना वंश ही दिखाई दे रहा था।

शशि भी अपने पिछली ज़िन्दगी की कड़वाहट भूलकर नई ज़िन्दगी की शुरुआत करने में जुट गई। वह सोच रही थी कि मैं इस बहाने माँ बनकर अपने कर्त्तव्य का पालन कर रही हूँ। यह ग़लत है या सही भगवान सब जानता है। मेरा इस समय तो यही कर्त्तव्य है, कि मैं बच्चे को जन्म दूँ। अगले हर पल में वह काँप जाती थी और सोचती थी, 'मेरी सास को लड़का ही चाहिए जो मेरे वश की बात नहीं, अगर भगवान ने लड़की दे दी जब मेरा क्या होगा।' यह सोचकर शशि घबरा जाती थी और भगवान से यही प्रार्थना करती थी-"हे भगवान! जो भी दे, मेरे होने वाले बच्चे की किस्मत अच्छी दे।"

दिन गुज़रते गये। शशि की सास पोते की आस लगाए शशि की पूरी देखभाल करती, शशि की हर सुख-सुविधा का ध्यान रखती, शशि को ऐसा महसूस हुआ कि वह अपनी ससुराल में नहीं, बल्कि अपनी माँ के घर पर है। इसी बीच वह दिन भी आया, जब शशि को प्रसव पीड़ा होनी आरम्भ हुई, सास ने तभी गाँव की दाई को बुलाया, जचख़ाने का इंतज़ाम घर ही में कराया गया

घर में शशि की सास ख़ुश थी। कुछ देर बाद दाई ने बताया–"आपकी बहू ने एक कन्या को जन्म दिया है।"

सास को सुनते ही धक्का सा लगा, उसकी सारी ख़ुशी ख़त्म सी हो गई, तभी सास के घर में मातम सा छा गया। सास ने कहा, "यह कैसी बहू आई है, इसने तो हमारे कुल को डुबो दिया है। यह हमारे घर की बहू बनने लायक नहीं है।"

उसके बाद घर में शशि पर तानाकशी शुरु हो गई। शशि की जो देखभाल की जा रही थी, वह बन्द कर दी गई। शशि बिस्तर पर अकेली अपनी बच्ची के साथ बैठी, यह सोच रही थी। कन्या को जन्म देना इतना बड़ा पाप हो गया, कि मेरी ज़िन्दगी नर्क बन गई। पहले मुझे खाने को अच्छे से अच्छा दिया जाता था। अब रोटियों के भी लाले हो गये हैं। हे भगवान! मुझे इस नर्क से निकाल, यही सोचती रहती शशि की आँखों से आँसू बन्द नहीं होते थे।

शशि ने इन परेशानियों से तंग आकर आत्महत्या करने की भी कोशिश की, परन्तु अगले ही पल उसे अपनी बच्ची का ख़्याल आ गया, उसने सोचा मेरे सामने जब बच्ची का यह हाल है, तो मेरे मरने के बाद इसको कौन देखेगा। यही सोचकर शशि काँप जाती थी, शशि ने अपनी सास से कहा, कि मुझे मेरी माँ के यहाँ पहुँचा दो, परन्तु सास ने शशि की एक न सुनी। एक दिन एक पड़ोस की औरत शशि से मिलने आयी, शशि के सब्र का बाँध टूट गया, वह उस औरत को देखकर फूट-फूटकर रोने लगी, औरत को दया आ गई, शशि ने अपना सारा दुखड़ा उस औरत के सामने रखा और बोली–"चाची अगर में यहाँ इस हालत में ज्यादा दिन रही, तो मेरे साथ कुछ भी हो सकता है। भगवान के लिए मुझ पर दया कर दो।"

"बेटी–निःसंकोच होकर बता, तू क्या चाहती है। मेरे बस की बात हुई, तो मैं तेरी मदद ज़रूर करूँगी।" उस औरत ने हमदर्दी प्रकट की।

"चाची, मेरे घर सूचना पहुँचा दो, वह मुझे आकर यहाँ से ले जाएँ।" शशि ने भर्राए स्वर में कहा।

"बेटी अपने घर का पता दे। मैं अपने लड़के को भेज कर सूचना दूँगी, यह कोई बड़ा काम नहीं है।" वह औरत बोली।

"यह लो चाची मेरे घर का पता, उनसे कहना, तुम्हारी लड़की तुम्हें याद कर रही है आकर

ले जाएँ।"

"बेटी तू फिक्र न कर जो कहना है, मैंने अपनी आँखों से देख लिया है, कुछ कहने की ज़रूरत नहीं है। मैं भी बेटी वाली हूँ। मुझे पता है, ससुराल में बेटी को जन्म देना कितना दुःखदायी होता है। मैं इस पीड़ा से गुज़र चुकी हूँ। मैं अभी जाकर अपने लड़के को भेजती हूँ।" उस औरत ने तसल्ली दी।

"चाची मैं आपका यह अहसान नहीं भूलूँगी।" शशि ने कृतज्ञता भरे स्वर में कहा।

"बेटी एक तरफ तू मुझे चाची कह रही है। दूसरी तरफ अहसान की बात कर रही है। मैं तो तुझे इसी समय अपने घर ले जाकर सेवा करती, परन्तु मैं इसी गाँव में ब्याह कर आई हूँ। यह समाज मुझे ऐसा करने के लिए रोकता है। लोग मुझसे कहेंगे दूसरों के घर में क्यों टाँग अड़ा रही हो। इसी समाज के भय से मैं तुझे नहीं ले जा सकती, लेकिन तू फिक्र न कर, मैं घर जाकर अपने लड़के को तेरे माता–पिता के पास भेजती हूँ। बेटी वह इन्सान ही क्या जो मुसीबत में दूसरे इन्सान के काम न आए। अच्छा मैं चलती हूँ।" इतना कहकर चाची ने अपने घर जाकर अपने लड़के को शशि के घर भेज दिया। लड़का माँ की आज्ञा का पालन करते हुए शशि के माता–पिता के घर पहुंच गया।

"मैं शशि की सुसराल के पास से आया हूँ। शशि ने एक कन्या को जन्म दिया है।" उसने बताया।

"यह सूचना शशि की ससुराल वालों ने तो हमें दी नहीं।" पिता ने हैरानी से कहा।

"जी इसीलिए नहीं दी, कि कन्या को जन्म दिया है शशि काश लड़के को जन्म देती, तो उसी दिन आपको सूचना मिल जाती।" वह सोचते हुए बोला।

"सही कह रहा है बेटा। वैसे शशि तो ठीक है।" शशि के पिता ने पूछा।

"अगर शशि ठीक होती, तो मैं आपके पास क्यों आता।" उसने दुःखी होकर कहा।

""शशि को क्या हुआ है?" पिता ने हैरानी से पूछा।

"होगा क्या, जो हर बहू के साथ कन्या को जन्म देने पर क्या होता है, वही उसके साथ हो रहा है। इस समय शशि कष्ट में है। अगर शशि की ज़िन्दगी चाहते हैं, तो तुरन्त शशि को अपने घर ले आओ। वरना शशि रो–रोकर दम तोड़ देगी।" उसने बताया।

लड़के के यह शब्द सुनकर शशि के माता-पिता से न रहा गया, वह बेचैन हो गये और तुरन्त शशि से मिलने के लिए चलने को तैयार हो गए। तभी शशि की माता ने शशि के पिता से कहा– "हम अपनी कन्या के जा रहे हैं। इस जल्दी में ख़ाली हाथ जाना ठीक नहीं है, कुछ बच्ची के कपड़े लत्ते ले लो।"

"भाग्यवान तुझे कपड़े लत्ते की पड़ी है, वहाँ बच्ची पर क्या बीत रही है। यह समय ऐसा नही है, जो देर की जाए।" पिता ने झल्लाकर कहा।

"आप ठीक कह रहे हैं, परन्तु हम बेटी वाले हैं। यह समाज उनकी इस हरकत को नहीं देखेगा, बल्कि हमें ही बुरा भला कहेगा। जोश में होश मत खो। सब्र से काम लो, यह तो बच्ची का नसीब है। बेटी ऐसी शय नहीं होती, जो घर लाकर रखा जाए। इस समय ससुराल वाले नाराज़ हैं, कुछ समय बाद ठीक हो जायेंगे। शशि को तो वहीं रहना है।" शशि की मां ने समझाया।

"तो फिर क्या करूँ, बच्ची के पास न जाऊँ।" शशि के पिता झल्लाहट भरे स्वर में बोले।

"यह मैंने कब कहा, मैं जाने को तैयार हूँ।" शशि की मां ने समझाते हुए कहा– "पहले आप अपना गुस्सा क़ाबू में रखो, और यह सोचो हम बच्ची की ससुराल जा रहे हैं।"

"ठीक है भाग्यवान जो तू कह रही है ठीक है, तू जैसे चाहती है वैसे मैं तैयार हूँ।"

"यह हुई ना बात।" मां ने मुस्कुराकर कहा।

शशि के माता-पिता ने बाजार जाकर पहले शशि व उसके बच्चे के लिए कपड़े व सामान ख़रीदा।

फिर कुछ फल व मेवा लेकर शशि की सुसराल पहुँचे। शशि अपने माता-पिता को देखकर अपने पर काबू नहीं कर पाई। वह फूट-फूटकर रोने लगी, उसे रोता देख माता पिता से भी ना रहा गया, वह अपने जज़्बातों को काबू न रख सके। दोनों की आँखों से आँसू झलक आए। माँ ने शशि को सांत्वना देते हुए कहा– "बेटी! फिक्र न कर हर रात के बाद सवेरा ज़रूर होता है। यह संकट के बादल तेरी परीक्षा की घड़ी हैं। यह पल हर औरत की ज़िन्दगी में ज्यादातर आता है। अगर तू इस परीक्षा से नहीं घबराई, तो आने वाला जीवन तेरा सुखदायी हो सकता है। मैं या तेरे पिता तेरी क़िस्मत को तो नहीं बदल सकते, यह लड़ाई तुझे स्वंय ही लड़नी होगी, हम तो केवल तेरा एक सहारा बनकर इस लड़ाई को लड़ने में सहयोग दे सकते हैं। तू फिक्र न कर,

भगवान इतना निर्दय नहीं है, जो तेरी न सुने। सब्र कर, सब्र का दामन न छोड़, भगवान सब्र करने वालों के साथ है।" मां ने तसल्ली देते हुए कहा।

"माँ तुझे क्या पता मेरे साथ क्या गुज़री है। मैंने यहाँ सब कुछ सहन किया है, लेकिन मुँह नहीं खोला, जानती हो क्यों किया मैंने ऐसा।" वह भर्राए स्वर में बोली।

"बेटी मैं जानती हूँ।"

"माँ तू कुछ नहीं जानती, तू तो केवल इतना जानती है, कि मैंने अमित से शशि के साथ शादी करके गंगा नहा ली, अपने कर्त्तव्य का पालन किया है, लेकिन क्या वास्तव में तूने पुत्री धर्म का पालन किया है, अगर यह बहस मैं छेड़ दूँ, तो तूने तो केवल एक धर्म निभाकर मुझसे अपना पीछा छुड़ाया है, या यूँ कहूँ समाज की वह झूठी रीति निभाई है, जिसे लोग शादी कहते हैं। मेरे साथ यहाँ क्या गुज़री है, शायद तुझे अन्दाज़ा भी नहीं होगा। ख़ैर मैं तुझसे क्या कहूँ, तूने शायद अपने धर्म का पालन करने का कर्त्तव्य पूरा किया है।" वह शिकायत करते हुए बोली।

"बेटी मैं वास्तव में तेरी गुनहगार हूँ। अब मैं तुझे लेने आई हूँ। कुछ दिन अपने भाई बहन में रहेगी, शायद यह गम भूल जाए। अब मेरे पास तुझे ले जाने के अलावा और कोई रास्ता भी नहीं है।" मां ने स्नेह भरे स्वर में कहा।

"ठीक है। मैं तेरे साथ चलने को तैयार हूँ। पर मुझे ले जाने से पहले मेरी सास से और पूछ ले, वह मुझे जाने देगी, या और जुल्म करके अपने सास होने का धर्म निभायेगी।" शशि ने कहा।

"बेटी ऐसा क्यों कहती है। मैं अभी बात करके तुझे अपने साथ लेकर ही जाऊँगी, चाहे उसकी इच्छा हो या न हो, मुझे तुझे अपने साथ लेकर ही जाना है।" कहकर शशि की माँ शशि की सास के पास पहुँच गई।

सास मुँह फुलाए अपने कमरे में बैठी थी। माँ, सास के पास बैठते हुए बोली-"बहन मैं शशि को लेने आई हूँ।"

"मैंने कब मना किया है, ले जाओ मुझे तो शशि से अपना कुल चलाने की कुछ उम्मीदें थीं, परन्तु सब बेकार हो गईं।" सास ने मुंह बनाकर कहा।

"बहन निराश क्यों हो, अभी दोनों की कोई उम्र निकल गई है, भगवान अब की बार आपकी इच्छ पूरी कर देगा।" शशि की मां ने तसल्ली दी।

"क्या ज़रूरी है, पूत के पाँव पालने में ही दिखाई देते हैं, जिसने शुरु में ही कन्या को जन्म दिया हो, आगे उससे क्या उम्मीद की जा सकती है।" सास क्रोध में भरकर बोली।

"बहन, निराश क्यों होती हो, इसमें शशि का क्या क़सूर है, तो भगवान की मजीर.है।" शशि की मां ने समझाया–"वह किसको क्या दे। भगवान पर भरोसा रखो। सब ठीक हो जायेगा। इस समय शशि को सहारे की ज़रूरत है और तुम्हें भी घर के बहुत काम हैं, ऐसे में शशि की देखभाल नहीं हो सकती, अगर आप बुरा ना मानें, तो शशि को कुछ दिन के लिए मैं अपने साथ ले जाऊँ।"

"हाँ–हाँ मैंने कब मना किया है। आपकी बेटी है, जितना अधिकार मेरा है, उतना ही अधिकार आपका है।

आप शशि को ले जा सकती हैं और जब तक चाहे रखें।" वह मुंह बनाकर बोली।

"आप तो बुरा मान गईं।"

"ऐसी बात नहीं है, मैं दिल से कह रही हूँ। मेरे कहने का मतलब यह था, जब शशि ठीक हो जाए, सूचना पहुँचा देना मैं आकर ले आऊँगी।" वह सम्भलते हुए बोली।

"ठीक है बहन।" कहकर माँ व उसका पिता जो सामान लेकर गये थे, शशि की सास को देकर शशि को अपने साथ अपने घर ले आए।

उधर सास शशि के जाने से बहुत ख़ुश थी। वह सोच रही थी ऐसी बहू को रखकर क्या करना है, जो वंश को आगे न चला सके, मैंने तो अमित की शादी केवल इसलिए की थी, इसके नाम से वंश चले, अमित इस लायक़ भी नहीं निकला, जो वंश को आगे बढ़ाता, सुधीर ने भी वह कमाल नहीं दिखाया, जिसकी उससे उम्मीद थी। मैं क्या कर सकती हूँ, मेरे वंश में जितना था कर दिया, बाक़ी भगवान जाने अच्छा यहाँ से बला टली। मैंने औलाद की चाह में अपने छोटे लड़के को बली चढ़ा दिया, अब इसके मुँह औरत का ज़ायका लग चुका है, यह बिना औरत के अब नहीं रह सकता, मुझे इसकी शादी जल्द से जल्द करनी होगी वरना यह लड़कियों के चक्कर में पड़कर हमारे कुल का नाश कर सकता है। वह मन ही मन सोचकर परेशान होने लगी।

उधर शशि अपने पिता के घर में अपने को सुरक्षित मान रही थी, शशि के दिल में बार–बार

सुधीर द्वारा किया गया कृत्य घूम रहा था, वह यह सोच रही थी, उसने अपनी इज़्ज़त दाँव पर लगाई, उसे क्या मिला, घर से बेइज़्ज़ती, ससुराल में अपने पति की नाम निशान पत्नी बनकर भी जीवन सुखी न बना सकी यह ग़म उसको बार–बार सता रहा था। वह यह सोच रही थी, कि मैं अपनी ज़िन्दगी का सच अपने माता–पिता को बता दूँ, परन्तु अगले ही पल उसे अपने माता–पिता की इज़्ज़त का ख़्याल आ जाता, वह सोचती अगर मैंने यह सच इन्हें बता दिया, तो शायद यह मुझे अपनी निगाह से गिरा देंगें।

मैं इनकी हमदर्दी खो दूँगी, जो मुझे आज मिल रही है। मेरा पति मुझे शायद पति के रूप में शायद ही मिल पाये। इस ख्याल के आने के बाद वह अपने आपसे घृणा करने लगी। वह मानसिक हीनता का शिकार हो चुकी थी वह अब शायद इस बीमारी से निजात पा सके। इसके लिए भी उसकी माँ दोषी थी। जो माँ अपने स्वार्थ के प्रति अपनी औलाद का दर्द नहीं समझ पाई, वह मेरा दुःख क्या समझेगी। संसार में माँ को भगवान को दर्जा दिया गया है, परन्तु इस माँ को क्या कहें, जिसने अपने बेटे के साथ–साथ मेरी ज़िन्दगी भी दाँव पर लगाकर मुझे नरक की ज़िन्दगी जीने को मजबूर कर दिया है।

"हे भगवान! मैं अब कहाँ जाऊँ, मैं सदा अपने पिता के घर तो रह नहीं सकती कुछ महीने, साल बाद तो मुझे वापस उस नर्क में जाना ही होगा, वहाँ जाने से तो बेहतर है मर जाऊँ। पर मरने से भी तो हल नहीं है। अब मेरे ऊपर इस बच्ची की भी ज़िम्मेदारी है, मैं क्या करूँ। बिना अमित से तलाक लिए मेरी दूसरी शादी भी नहीं हो सकती, तलाक़ किस मुद्दे पर लूँगी, अगर यह कहती हूँ, कि अमित नामर्द है, तो यह बच्ची कहाँ से आई, अगर यह कहती हूँ, यह बच्ची अमित की नहीं सुधीर की है, तो यह गुनाह तूने क्यों किया, समाज हर सवाल का जवाब केवल मुझसे माँगेगा। यह कोई नहीं पूछेगा कि शशि के साथ ऐसा क्यों हुआ, क्योंकि जिस समाज में हम लोग जीते हैं, वह पुरुष प्रधान समाज है, पुरुष के मुँह से निकला हुआ हर शब्द क़ानून होता है, पुरुष को अपने अन्दर कोई बुराई नज़र नहीं आती, वह केवल हर बुराई औरत में ही निकालकर औरत को ही दोषी बना देता है। जैसे मैं, आज समाज में किसी को मुँह दिखाने लायक नहीं हूँ। अगर दुनिया को सच बता दूँ, तो मुझ पर कोई यक़ीन नहीं करेगा, वह मुझे ही दोषी मानकर समाज में मुझे ही बेइज़्ज़त करेंगे। यही समाज का कड़वा सच है।" वह मुंह ही

मुंह में बुदबुदायी।

'मुझे इस गुनाह के सहारे ही पूरी ज़िन्दगी काटनी होगी।' शशि हर समय यही सोचती रहती, उसका किसी भी काम में मन नहीं लगता था, शशि को अगर चिन्ता थी, तो केवल अपनी सन्तान की, 'वह कैसे इस संसार में अपना जीवन व्यतीत करेगी, संसार में कोई झूठ कभी नहीं छुपता वे एक ना एक दिन सामने आ ही जायेगा, तब उस झूठ का सामना कैसे कर पाऊँगी।'

माँ शशि की ऐसी हालत देखकर, कि वह हर समय चुप-चुप रहती है, किसी से बात नहीं करती, वह सोचने लगी–'लगता है, शशि की ससुराल में शशि पर ज्यादा अत्याचार हुए हैं, जिनकी यादों में शायद यह हर समय खोई रहती है। अगर शशि इसी तरह रही, तो हो सकता है, पागल न हो जाए। मुझे इसका ग़म बाँटना होगा, उसे इस ग़म से बाहर निकालना होगा। मैं एक माँ हूँ और माँ अपनी सन्तान का दुःख अच्छी तरह समझती है। यही सोचकर माँ ने एक दिन शशि से पूछ ही लिया–

"बेटी इस तरह तू क्यों खोई-खोई रहती है। मुझे बता मैं तेरी माँ हूँ कोई ग़ैर नहीं। हो सकता है, मैं तेरे ग़म को कुछ कम कर दूँ। इस तरह खोये रहने से तो समस्या का समाधान नहीं हो सकता, तुझे अपना ग़म मुझे बताना होगा, ताकि तेरे ग़म का कुछ समाधान हो सके।"

"माँ मुझे जो ग़म है, उसका हल संसार में किसी के पास नहीं है, मुझे अपने ग़म की ज्वाला में अकेले ही जलना होगा। अगर तू चाहती है, मेरे ग़म से छुटकारा मिले, तो तू एक काम कर।" वह दुःखी होकर बोली।

"बता बेटी क्या काम है। मैं अपनी बच्ची का ग़म दूर करने के लिए हर वह काम कर सकती हूँ, जिससे तेरा ग़म दूर हो।" मां ने हमदर्दी के साथ कहा।

"मुझे अमित से तलाक़ चाहिए।" शशि ने स्पष्ट स्वर में कहा।

"यह क्या बकवास है तू ज़रा सी परेशानी से घबरा गई। तलाक़ हर मसले का हल नहीं है, मैं तेरा ग़म समझती हूँ, पर उस ग़म का यह मतलब नहीं, कि तलाक़ ही इस मसले का हल है, कुछ महीने बाद हालात ठीक होंगे, वह तुझे ज़रूर लेने आयेगा, औरत ऐसी शय है, इसके बिना मर्द नहीं रह सकता, उसे तेरी व अपनी बच्ची की याद ज़रूर आयेगी। तू फिक्र न कर, तेरे दिन ज़रूर पलटेंगें।" मां ने तसल्ली देते हुए समझाया।

"माँ मैं अमित के साथ कभी सुखी नहीं रह पाऊँगी। उसे मेरी व अपने बच्चे की कभी याद नहीं आयेगी। अगर सारी उम्र भी इसी तरह गुज़ार दूँ, तो भी वह मुझे लेने नहीं आयेगा।" उसने दृढ़ स्वर में कहा।

"बेटी तू अभी गुस्से में है, कुछ दिन और इन्तज़ार देख, अगर नहीं आता है, तो हम तेरी ख़ुशी के लिए अदालत का दरवाज़ा खटखटायेंगे। वह अदालत के डर से तुझे लेकर ज़रूर जायेगा।" मां ने समझाया।

"आज भारत में इन्साफ पाने के लिए पैसों की आवश्यकता होती है, मैं देख रही हूँ, घर का खर्च किन हालात में चल रहा है। दूध के काम से घर के खर्च ही बड़ी परेशानी से पूरा होता है। ऊपर से छोटी बहन भी अब स्यानी होती जा रही है। वह लोग पैसे वाले हैं। उनका कुछ नहीं कर पायेंगे। हमें इन्साफ नहीं मिलेगा, हम जहाँ से चलेंगे फिर वहीं वापिस आ जायेंगें। हमें इन्साफ नहीं मिलेगा, दुनिया हमेशा पैसे वालों का साथ देती है, ग़रीब का नहीं।"

"बेटी ऐसी बात नहीं है। भगवान सिर्फ पैसे वालों का नहीं ग़रीब का भी है। अगर पैसे वालों का भगवान होता, तो किसी ग़रीब की ज़िन्दगी नहीं बच पाती वह अमीरों की गुलामी कर रहे होते, तू इतनी निराश न हो, मैं कुछ दिन इन्तज़ार देखती हूँ, अगर वह लेने नहीं आते हैं, तो मैं ज़रूर अदालत का दरवाज़ा खट–खटाऊँगी।" मां ने तसल्ली देते हुए कहा।

"ठीक है, जो भी तुझे करना है कर, पर मुझे इन्साफ की उम्मीद नज़र नहीं आती, मैं तेरी इस आशा के लिए भी तैयार हूँ, कि अदालत से इन्साफ चाहती है। परन्तु मेरा हृदय यह कहता है, कि मुझे कहीं से इन्साफ नहीं मिलेगा, मेरा भाग्य मेरे सामने है, जिसमें अन्धकार ही अन्धकार नज़र आता है, रोशनी की कोई किरन नज़र नहीं आती, तू एक माँ है, केवल इस नज़रिये से देख रही है। मैंने जुल्म सहा है, मुझे पता है कि इन्साफ मेरी तक़दीर में नहीं है। मैं एक अभागन थी और अभागन ही बनकर यह जीवन त्यागूँगी।"

"कैसी बातें कर रही है शशि।" मां ने चौंकने वाले अंदाज में उसकी ओर देखा।

"माँ, मैं संसार का कड़वा सच जान चुकी हूँ। भले ही मेरी उम्र कम है, पर संसार के सच का स्वाद मैंने चखा है, शायद ही कोई नारी ऐसे सच का स्वाद चखे। मैं तो भगवान से यही प्रार्थना करती हूँ, कि अगर भगवान संसार में नारी के रूप में किसी को जन्म दे, तो उसकी किस्मत

मेरी जैसी न दे।" वह भर्राए स्वर में बोली।

"बेटी तुझे देखकर मुझे भी बहुत दुख पहुँचा है। तू फिक्र न कर, मैं जल्दी ही कुछ तेरे बारे में सोचूँगी।" मां ने स्नेहपूर्वक उसके सिर पर हाथ रखते हुए कहा।

"माँ यह तू नहीं बोल रही है, तेरी ममता तुझे बोला रही है। काश ऐसी माँ संसार में भगवान सबको दे। माँ का आंचल ही संसार में ऐसा है, जिसमें संसार का हर ग़म मिट जाता है, पर आज माँ का प्यार भी बनावटी सा प्रतीत होता है।" वह निराशा में भरकर बोली।

"क्या तुझे मेरा प्यार बनावटी दिखाई देता है।"

"नहीं माँ तेरा दामन और आँचल दोनों गंगा की तरह पवित्र हैं, परन्तु कुछ माओं ने माँ के दामन को अपवित्र कर दिया है, जिन्हें माँ कहलाने का अधिकार नहीं है, लेकिन फिर भी माँ कहलाती हैं। सास, माँ के समान होती है, सास ने मुझ पर ऐसा कौन सा जुल्म नहीं किया, जो संसार का नहीं था, वह फिर भी माँ कहला रही हैं, लोग उसे माँ ही कहते हैं।" शशि ने मायूस होकर बताया।

"बेटी कुछ समाज की परिस्थितियाँ ऐसी होती हैं, जिससे हर औरत को गुज़रना पड़ता है। जो सास अपनी बहू पर जुल्म करती है, वह भूल जाती है हम भी किसी की बेटी रही होंगी, या तो कहा जाए, वह समाज के झूठे आडम्बरों की छाया बनाकर जीती हैं। ऐसी औरतें संसार में अन्त में अपने कर्मों की सज़ा अवश्य भोगती हैं। तूने देखा होगा, कुछ बूढ़ी औरतें सड़क पर भीख माँगती हैं, परन्तु उन्हें भीख भी नसीब नहीं होती, यह सब उनके कर्मों का परिणाम है। बेटी इन्साफ का बुरा और अच्छा कर्म उसे संसार में ही भोगना पड़ता है। बुराई में आनन्द होता, इसीलिए लोग बुराई की तरफ ज्यादा भागते हैं। इसीलिए बुराई फलती-फूलती है, लेकिन बुराई की आयु ज्यादा लम्बी नहीं होती, वह जितनी जल्दी परवान चढ़ती है, उतनी ही जल्दी ख़त्म भी हो जाती है। हमेशा अच्छाई देर से परवान चढ़ती है, और देर तक जीवित रहती है। इसीलिए इन्सान को चाहिए, कि तनिक सुख में न पड़कर उसकी ओर भागना नहीं चाहिए, बल्कि बुराई का विरोध करना चाहिए। मैं जानती हूँ, तेरे साथ जो कुछ हुआ है, बुरा हुआ है, यह ज़रूरी नहीं, कि हमेशा तेरे साथ बुरा ही होता रहे। इन्सान को मुसीबत में धैर्य का दामन नहीं छोड़ना चाहिए, जो धैर्य का दामन छोड़ देता है और बुराई में धंस जाता है, वह उससे कभी बाहर

नहीं आता, अन्त में संसार उसे बुरा कहकर लोगों को मिसाले देना शुरु कर देता है।" मां ने समझाने की कोशिश की।

"माँ यह सब बातें व्यवहार में नहीं हैं, कहने में अच्छी लगती हैं। ख़ैर छोड़ तू मेरा दुःख नहीं समझेगी, तुझे संसार की निगाहों में रहकर कार्य करना है, मुझ पर जो बीती है और भविष्य में बीतेगी उसका किसी को भी नही पता, एक दिन तू ही मुझे गाली देकर घृणा की दृष्टि से देखेगी।" शशि की आंखों से आंसू बहने लगे।

"नहीं बेटी, मैं तेरी माँ हूँ। माँ औलाद का गुनाह अपने दामन में समेट लेती है।" मां ने स्नेहपूर्वक कहा।

"लेकिन माँ समय आने दे, मेरी ज़िन्दगी का सच भी तेरे सामने ज़रूर आयेगा। मैं तुझे तेरे कहे गये, शब्द ज़रूर याद दिलाऊंगी।"

इसी जुस्तजू में शशि को अपने पिता के घर छः माह का समय बीत गया। छः माह में एक बार भी उसकी ससुराल से कोई पूछने तक नहीं आया। अब शशि के माता-पिता को फिक्र सताने लगी, कि शशि के भविष्य का क्या होगा। शशि की ससुराल अनेको सूचनाएँ भिजवाई गईं, परन्तु शशि की ससुराल वाले शशि को लेने नहीं आए। मजबूर होकर शशि के माता पिता ने एक प्रार्थना पत्र महिला थाने में दिया, जिसमें शशि की ओर से दहेज़ सम्बन्धी आरोप अपने वकील द्वारा लगाते हुए कहा, 'मेरे पति व उसके घर वालों ने मुझसे दहेज़ की माँग पूरी न होने पर कहा है, कि हम तुझे घर में नहीं रखेंगे।'

उक्त प्रार्थना पत्र पर महिला थाना की पुलिस ने शशि के ससुरालियों को थाने में तलब कर लिया। थाने की सूचना से ससुरालियों में हड़कम्प मच गया, वह घबरा गये। शशि का सौतेला ससुर सरकारी स्कूल में अध्यापक था। वह सोचने लगा, कि अगर दहेज़ के मुकदमें में जेल चला गया, तो मेरी नौकरी चली जायेगी। इसी फिक्र में वह परेशान हो गया। वह सोचने लगा कि, इस मुसीबत से कैसे बचा जाए, तभी उसके दिमाग़ में आया कि उसके दूर का रिश्तेदार दरोग़ा है, क्यों ना इस काम में उसकी मदद ली जाए।

यही सोचकर अमित का पिता अगले दिन दरोग़ा जी के घर पहुंचा। दरोग़ा जी अमित के पिता को देखकर बोले–

"चाचा आज अचानक सुबह-सुबह हमारी कैसे याद आ गई?"

"बेटा जब आदमी मुसीबत में होता है, तो वह सहारा ढूँढता है। ऐसे ही आज हम पर मुसीबत आ पड़ी है। इसलिए तुम्हारे पास आया हूँ।" शशि के सुसर ने बताया।

"सब खैरियत तो है, ऐसी क्या मुसीबत आ गई, जो हमारे पास आना पड़ा।" दरोगा ने हैरानी से पूछा।

"बेटा अमित की पत्नी शशि ने हमारे घर के सब लोगों के ख़िलाफ महिला थाने में एक प्रार्थना पत्र दिया है।"उसने बताया–"इसकी आपको कैसे जानकारी हुई।" दरोग़ा जी ने पूछा।

"बेटा महिला थाने के दो पुलिस कर्मी हमारे घर आये थे, उस समय अमित की माँ ही घर पर मौजूद थी, पुलिस कर्मियों ने बताया, कि तुम्हारे ख़िलाफ शशि ने दहेज़ माँगने के सम्बन्ध में एक प्रार्थना-पत्र दिया है। तुम अमित के साथ थाने आ जाना शशि भी थाने आ जायेगी, अगर तुम नहीं आये, तो हमें मजबूरन आपको गिरफ्तार करके थाने ले जाना पड़ेगा। अब तो हम मुँह से कहकर जा रहे हैं, फिर आपको मौक़ा नहीं मिलेगा। हम यहाँ तक आए हैं, हमारे आने जाने का खर्च दो।"

"बेटी कितने पैसे दूँ।" अमित की मां ने पूछा।

"पैसे कह रही हो पाँच सौ रुपये दो।"

"इस समय तो मेरी जेब में केवल तीन सौ रुपये ही पड़े हैं।"

"चलो आप तीन सौ रुपये ही दे दो।" अमित की माँ ने पुलिस कर्मियों को तीन सौ रुपये दे दिये। पुलिस कर्मी तीन सौ रुपये लेकर चले गये। शाम को अमित की माँ ने वह वाक्य मुझे बताया, इसीलिए मैं आपके पास आया हूँ।" उसने विस्तार से बताया।

दरोगा जी कुछ देर सोचते रहे फिर बोले–

"चाचा आप तो जानते हो, यह पुलिस महकमा किसी की नहीं सुनता, उसे तो केवल पैसा चाहिए, अगर आप चाहते हो, आपके खिलाफ मुक़दमा दर्ज न हो, तो आपको पैसा खर्च करना पड़ेगा। वरना जेल जाने की तैयारी कर लो।" दरोगा ने समझाया।

"बेटा मेरे घर वालों को जेल जाना होता, तो मैं तुम्हारे पास क्यों आता? मुझे कुछ तरकीब बताओ, मैं तो कभी पुलिस के चक्कर में पड़ा नहीं।" वह डरते-डरते बोला।

"कितने लोगों के खिलाफ प्रार्थना पत्र दिया है।" दरोगा ने पूछा।

"चार लोगों के खिलाफ।" सुसर ने बताया।

"चाचा बीस हज़ार रुपये मानकर चलो, मुझे इसमें कोई छोटा पैसा नहीं चाहिए, मैं तो यही चाहता हूँ, आपका काम हो जाए, आपको जेल जाना न पड़े। आप सरकारी अध्यापक हो, अगर एक बार जेल चले गये, तो नौकरी से भी हाथ धोना पडेग़ा।" दरोगा ने सलाह दी।

"बेटा मैं तेरे पास इसलिए तो आया हूँ, तू मेरी मदद कर, रहा पैसों का मामला वह भी मैं तुझे सुबह लाकर दे दूँगा।" उसने कहा।

"नहीं चाचा, सुबह इस बारे में बात नहीं हो सकती, अगर तुम्हें काम कराना है, तो पैसा मुझे अभी लाकर दो जिससे मैं अभी एस॰ओ॰ की कोठी पर जाकर बात करके बात पक्की कर सकूं।" दरोगा ने समझाया।

"ठीक है मैं अभी दो घन्टे में वापिस आता हूँ।" शशि के ससुर ने सोचते हुए कहा।

"ठीक है मैं आपका इन्तज़ार करूँगा।" दरोगा बोला।

ससुर ने अगले ही क्षण दरोगा जी के पास से उठकर सीधा गाँव की तरफ प्रस्थान किया। गाँव आकर सारा वाक्या अपनी पत्नी को बताया, पत्नी ने तुरन्त अपनी सहमति व्यक्त करते हुए बीस हज़ार रुपये अपने पति को इस आश्वासन से दिये, कि अब शशि द्वारा हमारे विरुद्ध दहेज़ का मुक़दमा पंजीकृत नहीं होगा। उसके बाद पति खुशी-खुशी बीस हज़ार रुपये लेकर दरोग़ा जी के घर पहुँचा, पैसे देते हुए उसने कहा–"अब तो हमारे खिलाफ मुक़दमा दर्ज नहीं होगा।"

"कोशिश करता हूँ, बाकी आपका नसीब है। वैसे इतने पैसों में मुक़दमा पंजीकृत तो नहीं होना चाहिए। अब मैं जा रहा हूँ।" कहकर दरोगा जी ने अपनी मोटर साइकिल उठाई, और थाना की तरफ चल दिये।

दरोगा जी कुछ दूर ही चले थे, उनके दिमाग़ में ख़्याल आया, कि क्यों न इन बीस हज़ार रुपये में से आधे-आधे कर लिये जाएं, तभी दरोगा जी ने बीस हज़ार रुपये में से दस-दस हज़ार रुपये दो अलग-अलग जेबों में रखकर थानाध्यक्ष के घर की ओर चल दिये, कुछ देर बाद, घर आ गयां। दरोग़ा जी मोटरसाईकिल एक तरफ लगाकर दरवाज़े पर पहुँचे, दरवाज़े पर बैल बजाई, कुछ देर बाद स्वंय थानेदार महोदया बाहर आई। दरोग़ा जी ने नमस्ते की, दोनों एक

दूसरे को पहले से जानते थे। उसने पूछा–

"इतनी रात गए कैसे आना हुआ।"

"क्या बताऊँ, आपके थाने में हमारे रिश्तेदारों के खिलाफ दरख्वास्त दे दी है, कल थाने से दो पुलिस कर्मी गये थे, सुबह थाने बुलाया है।" दरोगा ने बताया।

"आप शशि के प्रार्थना पत्र वाली बात तो नहीं कर रहे हो।"

"जी हाँ, उसी के प्रार्थना पत्र की बात कर रहा हूँ।" वह जल्दी से बोला।

"आप क्या चाहते हैं?" थानेदार महोदया ने पूछा।

"उनके ख़िलाफ मुक़दमा दर्ज न हो। दोनों में फैसला हो जाए।"

"यह तो अच्छी बात है, फैसला हो जाए, हम किसी का घर थोड़े ही बिगाड़ना चाहते हैं।" थानेदार ने सोचने वाले अंदाज में कहा।

"इस फैसले में आपकी ज़रूरत है।" दरोगा तीव्रता से बोला।

"मैं आपकी इस फैसले के लिए पूरी मदद करूँगी।" उसने कहा।

"बस मैं यही चाहता था, यह कुछ नोट हैं रख लो।" दरोगा ने नोट उसकी ओर बढ़ाते हुए कहा।

"इसकी क्या आवश्यकता थी, मैं तो आपका काम वैसे ही कर देती, सुबह 11 बजे तक आ जाना, बेटी वालों को बुलाया है। दोनों के सामने बात करके ही कुछ फैसला होगा।" थानेदार ने समझाया।

अगले दिन, दोनों पक्ष थाने पहुँच गए। थाने में दरोगा जी खड़े थे। थानेदार ने दोनों पक्षों को अपने सामने बुलाकर पूछा–"असल बात क्या है? शशि तुम्हें अपने पति से क्या शिकायत है।"

"मैडम जब से मेरी लड़की हुई है, मेरे घर जाने के बाद यह मुझे लेने नहीं आया।"

"क्यों अमित, शशि ठीक कह रही है।" थानेदार ने पूछा।

"मैडम, शशि के माता–पिता इसको लेकर गये थे।" अमित ने बताया–"इन्हीं को मेरे घर छोड़ने आना चाहिए था, परन्तु यह हमारे घर नहीं आई और झूठा मुक़दमा दहेज़ का लगाकर हमें बेइज़्ज़त करने के लिए थाना बुला लिया, मैं इसे आज भी रखने को तैयार हूँ।"

"जब तुम अपनी मर्जी से अपने माता–पिता के साथ गई थीं, वैसे ही अपनी ससुराल वापिस

आना चाहिए था।" थानेदार ने पूछा।

"मैडम, यह कमाता नहीं है, अपने पिता की कमाई पर ज़िन्दा है।" शशि ने शिकायत की।

"तुम्हें तो रोटी कपड़े में परेशानी नहीं होती, औरत को क्या चाहिए रोटी, कपड़ा, मकान वह तीनों चीज़ें तुम्हें मिल ही रही हैं। रही कमाने की बात वह भी कमा लेगा। तुम एक बार जाकर तो देखो, सब ठीक हो जायेगा। मुक़दमेबाज़ी से घर बिगड़ता है और तुम अपना घर ख़ुद बिगाड़ रही हो। बेहतर होगा, फैसला करके अपनी ससुराल चली जाओ।" थानेदार ने नम्रतापूर्वक शशि को समझाया।

"मैं ऐसे ससुराल नहीं जा सकती, जब तक मुझे यह आश्वासन न मिल जाए कि यह काम करेगा।" शशि ने स्पष्ट स्वर में कहा।

"तुम काम पर इतना ज़ोर क्यों दे रही हो।" थानेदार ने आश्चर्य से पूछा।

"मैडम बिना काम के मर्द बेकार है।" वह बोली।

"मैं आपकी बात समझती हूँ। तुम इसके साथ रहोगी और इसे प्यार दोगी तो वही करेगा जो तुम चाहती हो और तुम्हारे झूठे तथ्यों पर मुक़दमा दर्ज नहीं होता। मुक़दमें के लिए कुछ तो सच हो, तुमने यह समझ रखा है, कि जो लिखकर थाने ले आओगी, उस पर मुक़दमा दर्ज हो जायेगा।" थानेदार ने सख़्ती से कहा।

"यह क्या कह रही हैं मैडम। आप भगवान थोड़े ही हैं। आप मुक़दमा दर्ज नहीं करेंगी, तो अदालत मुक़दमा दर्ज करेगी।" शशि आश्चर्य से बोली।

"बेहतर यही रहेगा, कि आप अदालत से मुक़दमा दर्ज करा लें।" वह बोली।

"शशि व उसकी माता-पिता मायूस होकर थाने से लौट आईं। तभी रास्ते में उन्हें एक दलाल मिल गया। दलाल थाने से निकलते ही उन्हें पहचान गया था कि उनका मुक़दमा दर्ज नहीं हुआ है, यह मायूस हैं, क्यों ना इनकी परेशानी का लाभ उठाया जाए। देहाती हैं, लगता है अभी वकीलों के चक्कर में नहीं आये हैं। यह लोग अदालत के नाम पर पैसा अच्छा देंगें। यही सोचकर दलाल आगे बढ़ा और बोला–

"चाचा राम, राम।"

"राम राम बेटा। मैं तुम्हें पहचाना नहीं।" शशि के पिता ने कहा।

"मुझे आप कहाँ पहचानेंगे। मेरा काम तो तुम जैसे ग़रीब लोगों की मदद करना है, लगता है, आपका मुक़दमा थाने पर दर्ज नहीं हुआ है, इसीलिए परेशान दीख रहे हो। थाने में तो पैसा बोलता है, तुमने थाने में पैसा नहीं दिया होगा, इसलिए मुक़दमा दर्ज नहीं हुआ है।" दलाल ने बताया।

"सही कह रहा है। मैं भी देता तो किसको देता, मुझे पता नहीं थाने में बिना पैसे के कुछ नहीं होता, मैं तो यही समझकर थाना आया था, मेरी थाने वाले मदद करके मुझे इन्साफ दिलाने में मेरी मदद करेंगे, मुझे क्या पता यहाँ ऐसा भी होता है। बेटा मेरा कभी थाने का तो कोई काम पड़ा नहीं था, पहली बार थाने आया था, तो देख लिया, थाने में क्या होता है।" शशि के पिता ने अंजान बनकर कहा।

"चाचा तुम फिक्र न करो, अगर यह मुक़दमा दर्ज नहीं करते, तो कोई बात नहीं, मैं तुम्हारा मुक़दमा अदालत से दर्ज कराऊँगा। तुम मेरे साथ चलो, मेरे वकील के पास, वह फैमिली कोर्ट का ही काम करता है, तुम्हारा कम पैसों में काम करेगा।" दलाल ने मशवरा दिया।

"बेटा, मैंने तो वकील कर रखा है।" उन्होंने बताया।

"वह सही नहीं है, यहाँ वकील हर चीज़ के अलग होते हैं, तुम जिस वकील के पास पहुँचे हो, वह फैमिली कोर्ट का वकील नहीं होगा, कोई और होगा, वरना आपका मुक़दमा तो दर्ज हो गया होता।"

"चलो बेटा ऐसा ही होगा, मुझे तो लड़की को इन्साफ दिलाना है। इस इन्साफ के चक्कर में चाहे, मेरा घर क्यों न बिक जाए। मुझे यह दिखाना है, ग़रीब को भी इन्साफ मिल सकता है।"

"यह हुई ना बात, चलो मेरे साथ तुम्हारा अभी काम कराता हूँ।" कहकर दलाल व शशि के पिता और शशि साथ-साथ वकील के चैम्बर की ओर रवाना हो गए।

दूसरी तरफ, दरोग़ा जी, अमित व अमित के पिता और थानाध्यक्ष, तीनों मज़ाक उड़ाते हुए कह रहे थे-"आये थे मुक़दमा दर्ज कराने।"

थानेदार, दरोग़ा जी की ओर देखते हुए बोली-

"दरोग़ा जी, मैंने आपका काम कर दिया है, और कोई सेवा मेरे लिए हो तो बेहिचक आ जाना।"

"मैडम, आपने मुक़दमा दर्ज न करके, मुझ पर तथा मेरे रिश्तेदारों पर जो उपकार किया है, मैं आपका अहसान कैसे उतारूँगा।" दरोगा ने कृतज्ञता प्रकट की।

"अरे, दरोग़ा जी, इन्सान का काम तो इन्साफ के काम आना है। मैंने कोई अहसान नहीं किया, वह झूठे तथ्यों पर मुक़दमा दर्ज कराना चाहते थे, जो मैंने नहीं किया है। मैंने वही काम किया है, जो मुझे करना चाहिए था।" थानाध्यक्ष मुस्कुराते हुए बोली।

"मैडम आपसे एक और प्रार्थना है।"

"कहो क्या कहना चाहते हो।" थानाध्यक्ष ने दरोगा की ओर देखा।

"मुझे डर है, यह अदालत में प्रार्थना पत्र देकर मुक़दमा ना दर्ज करा लें।" दरोगा ने शंका प्रकट की।

उसकी चिन्ता क्यों करते हो, अदालत भी बिना थाने की रिपोर्ट के मुक़दमा दर्ज नहीं कर सकती।" उसने तसल्ली दी।

"वह कैसे, मैडम।" दरोगा चौंका।

"अदालत में जो प्रार्थना पत्र आयेगा, उसकी रिपोर्ट थाने से मंगाई जायेगी, मैं ऐसी रिपोर्ट लिखूँगी जो मुक़दमा पंजीकृत ही नहीं होगा।" थानाध्यक्ष ने बताया।

"आपने यह कहकर हमारी आने वाली मुसीबत भी हल कर दी।" दरोगा मुस्कुराया।

"अब हम आराम से जा सकते हैं।" कहकर तीनों थाने से अपने घर की ओर चल दिए, इस आश्वासन के साथ कि अब हमारा कुछ नहीं बिगड़ सकता।

दूसरी ओर दलाल, शशि व उसके पिता को साथ लेकर वकील साहब के चैम्बर पर पहुंचा। वकील साहब अपने चैम्बर पर बैठे थे। दलाल चैम्बर में दाखिल हुआ और हाथ जोड़कर बोली-

"वकील साहब नमस्कार।"

"नमस्कार, दयाराम जी, नमस्कार, आज आप बहुत दिन बाद दिखाई दियें, कहीं बाहर गये हुए थे?"

"नहीं वकील साहब, ऐसी बात नहीं है, घर के कामों से फुर्सत ही नहीं मिलती, इसलिए आपसे मिलना नहीं हुआ, आज भी इनकी वजह से आना हुआ, यह लोग मेरे परिचित हैं, थाने से निकल रहे थे, मैंने इनका हाल पूछा, यह बड़े परेशान हैं, इनकी समस्या का समाधान कर दो,

यह लोग ग़रीब आदमी हैं। इनके पास इतना पैसा नहीं है, जो आपकी फीस दे सकें।" दलाल ने बताया।

"अरे दयाराम, जब आप साथ आये हो तो फीस की क्या ज़रूरत, हम तुम्हारा काम बिना फीस के ही कर देंगें। बताओ क्या काम है।" वकील साहब ने पूछा।

"वकील साहब यह लड़की शशि है। इसकी ससुराल वालों ने इसे मारपीट कर घर से निकाल दिया है, दहेज़ की माँग करते हैं, यह ग़रीब लोग हैं, इनकी आमदनी इतनी कहाँ कि यह लड़के वालों की माँग पूरी कर सकें। मेहनत मज़दूरी करके अपना गुज़ारा कर रहे हैं। जैसे-तैसे शादी की थी, मगर माँ-बाप के कूल्हे से आ लगी, इसके एक बच्ची भी है। बताओ वह कैसे इसका पेट भरेगा और कैसे अपना।" दलाल ने बताया।

"सही कह रहे हो, दयाराम! लेकिन यहाँ जज़बात से काम नहीं होता, यहाँ तो पैसा ख़र्च होता है। अगर जेब में पैसा है, तो अदालत में काम होगा, नहीं तो घर बैठो।" वकील साहब बोले।

"वकील साहब मैं भी समझता हूँ, यहाँ पैसे के बिना कोई काम नहीं होता, लेकिन यह ग़रीब आदमी हैं, फिलहाल आपकी फीस नहीं दे सकता, आप इससे मुक़दमें का ख़र्च लेकर मुक़दमें की कार्यवाही शुरु कर दें, यह धीरे-धीरे करके आपकी फीस भी देता रहेगा।" दलाल ने प्रार्थना की।

"मैं कब इससे एकदम फीस माँग रहा हूँ। फिलहाल मुझे ख़र्चा दे दो, जिससे मैं कैस की तैयारी करके मुक़दमा अदालत में पेश कर सकूँ।" वकील साहब ने कहा।

"ठीक है, वकील साहब, आपको शुरु में कितने पैसे चाहिए।" उसने पूछा।

"दयाराम इन केसों में शुरु में तीन मुक़दमें पड़ते हैं, उनमें ख़र्च क़रीब छः हज़ार रुपये आता है, जो केवल मुक़दमों का ख़र्च ही है।" वकील साहब बोले।

"ठीक है, वकील साहब आप मुक़दमों की तैयारी करो, इस समय तो मेरी जेब में यह दो हज़ार रुपये हैं। मैं कल कल आकर बाक़ी पैसे आपको दे दूँगा।" शशि के पिता ने कहा।

"ठीक है। आप कल ग्यारह बजे तक आ जाना, मैं मुक़दमें लिख पढ़कर तैयार रखूँगा। तुम्हारे आने के बाद ही अदालत में पेश करुँगा।" वकील साहब बोले।

"ठीक है वकील साहब, हम कल बाकी पैसे लेकर आयेंगे। आप मुक़दमों की तैयारी करो।

हमारी आपसे एक ही विनती है।" शशि के पिता ने कहा।

"बताओ क्या?"

"हमारे मुक़दमें में फीस की वजह से कमी नहीं रहनी चाहिए।"

"नहीं ऐसी बात नहीं, अगर हमने फीस की वजह से कमी छोड़ी, तो उसमें हमारी ही बदनामी होगी, इसलिए हमारे पास कौन आयेगा। हम पैसे की वजह से ऐसी कोई कमी नहीं छोड़ते, जो हमारे क्लाइन्ट पर भारी पड़े।" वकील साहब ने तसल्ली दी।

"वकील साहब हमें आपसे यही उम्मीद है, कि आप एक ग़रीब लड़की को इन्साफ ज़रूर दिलायेंगे।"

"आप फिक्र न करो। भगवान पर भरोसा रखो, वह आपको इन्साफ ज़रूर देगा।"

"अच्छा वकील साहब नमस्ते।"

"नमस्ते।"

कहकर दयाराम उन तीनों को चैम्बर से बाहर लेकर आ गया। शशि के पिता वकील की बातों से बहुत प्रभावित थे। दयाराम उन्हें रिक्शा में बैठाकर वकील साहब के पास वापस आया और बोला–"वकील साहब मेरा हिस्सा मुझे दो।"

"अरे तेरे सामने ख़र्च के पैसे लिए हैं। जब फीस लूँगा, तो तेरी फीस भी तुझे दे दूँगा।" वकील साहब बोले।

"वकील साहब मुझे कुछ नहीं पता, बड़ी मुश्किल से पटाकर आपके पास लाया हूँ। मैं दूसरे वकील के पास भी ले जा सकता था, वहाँ मुझे तुरन्त पैसे मिलते, तुम मेरे पुराने परिचित हो। इसीलिए तुम्हारे पास लाया था। अब देर न करो, मुझे एक हज़ार रुपये दे दो।" दलाल ने कहा।

"अरे दयाराम! उस ग़रीब का काम कैसे होगा।"

"यह तो आपके सोचने को काम है, मेरा नहीं, मुझे तो एक हज़ार रुपये चाहिए।" वह बोला।

"ठीक है दयाराम यह लो एक हज़ार रुपये, तेल तो तिलों में से निकलता है, मैं तिलों में से तेल निकालना अच्छी तरह जानता हूँ।" कहकर वकील साहब ने एक हज़ार रुपये निकालकर दयाराम को दे दिये। दयाराम ने एक हज़ार रुपये अपनी जेब में रखे, और अगले दिन फिर आने को कहकर वहां चला गया।

वकील साहब सोच में पड़ गये और सोचने लगे, कि इस दुनिया में कैसे-कैसे लोग हैं। एक तरफ ग़रीब की मदद का ढोंग रचाकर उसे लूटना चाहते हैं, लेकिन यह ग़रीब नहीं जानता, उसके साथ क्या होने वाला है? खैर, इसकी करनी इसके साथ, मुझे तो अपनी आत्मा से नहीं गिरना है, मुझे तो इस ग़रीब की मदद करनी ही है। यह तो संसार चक्र है, कोई किसी तरह अपनी जीविका चला रहा है-"हे भगवान! लोगों को सद्बुद्धि दे।" वह मन-ही-मन बोले। इस तरह शाम हो गई। वकील साहब शाम को अपने घर पहुँचकर शशि के मुक़दमें की तैयारी करने में जुट गए।

अगले दिन अपने समयनुसार साढ़े दस बजे वह कचहरी पहुँच गए। चैम्बर खुलने से पूर्व दयाराम वकील साहब की इन्तज़ार में पहले से ही बैठा था। वकील साहब ने चुटकी लेते हुए दयाराम से पूछा-"क्या रात को नींद भी आई थी, या नहीं, मुझसे पहले ही यहाँ बैठों हो, मैंने तो आपको ग्यारह बजे का समय दिया था, आप वक़्त से पहले ही आ गये।"

"वकील साहब, अगर किसी की ज़िम्मेदारी ली है, तो उसका काम भी वक्त पर करना चाहिए।" दयाराम ने बताया।

"यह तो काम मेरा है, मैंने उससे पैसे लिये हैं। इसीलिए मैं समय से आधा घण्टा पहले अपने चैम्बर पर आया हूँ।" वकील साहब मुस्कुराए।

"बहुत-बहुत धन्यवाद।"

"काहे का धन्यवाद, यह तो मेरा धर्म है। मुझे जिसने पैसे दिये हैं, उसका काम भी समय पर होना चाहिए।" कहकर अपनी कुर्सी पर बैठ गये।

"वकील साहब जो आप लिखकर लाये हो, मैं उसे टाइप कराने दिये देता हूँ, जिससे उनके आने पर समय न लगे।" दयाराम बोला।

"ठीक कह रहे हो दयाराम, यह लो तीन मुक़दमें लिखे हैं, टाइप को दे दो।"

दयाराम तीनों मुक़दमों की ड्राफ्टिंग लेकर टाइप वाले को देने चला गया और तुरन्त वकील साहब के चैम्बर पर आकर बैठ फिर से बैठ गया।

"क्यों दयाराम, क्यों चले आए। टाइप कराकर लाते।" वकील साहब ने कहा।

वकील साहब उसने टाइप शुरु कर दी है, क़रीब एक घन्टा लगेगा, इतने वह भी आ जायेंगे।

उन्हें बाक़ी पैसे लेकर आना है। मैं उनका इन्तज़ार कर रहा हूँ।" उसने बताया।

वकील साहब मुस्कराये और सोचने लगे, यह आदमी पैसों के लिए कितना लालायित है, कहीं यह मेरे से बेईमानी न कर ले। पैसे अपनी जेब में रख ले, और मैं ऐसे ही रह जाऊँ।"

वकील साहब मुस्कराए अपने कामों में लग गये।

दयाराम टकटकी लगाए चैम्बर्स में पार्टी का इन्तज़ार कर रहा था। ग्यारह बज चुके थे, परन्तु शशि व उसके पिता अभी तक नहीं आये थे। ग्यारह बजते ही दयाराम की साँसें तेज़ होने लगीं, वह वकील साहब से बोला–"वकील साहब यह लोग अभी तक नहीं आये।"

"अरे! दयाराम अभी तो ग्यारह ही बजे हैं, शहर में इतना ट्रेफिक है, कहीं जाम में फंस गये होंगे। आ जायेंगे।" कहकर वकील साहब अपने काम में लग गये। लेकिन दयाराम की चिन्ताएँ घड़ी की सुई को देख बढ़ रही थीं, अगर पार्टी नहीं आयी, तो आज के पैसे नहीं मिलेंगे। इसी सोच में उसके दिल की धड़कने बढ़ती जा रही थी।

साढ़े ग्यारह बजे पार्टी चैम्बर की तरफ आती दिखाई दी, दयाराम के चेहरे पर मुस्कराहट लौट आई। जैसे ही शशि व उसका पिता चैम्बर मे घुसे, दयाराम उन पर क्रोधित होते हुए बोला–

"यह आने का समय है, साढ़े ग्यारह बज चुके हैं। बारह बजे आखिरी समय होता है, अदालत में काग़ज़ जमा करने का, जल्दी करो, बाक़ी पैसा जमा करो, ताकि आगे की कार्यवाही हो सके।"

"वकील साहब! मैं जाम में फंस गया था, इसलिए देर हो गई। दूसरी वजह है, कि पूरे पैसों का भी इन्तज़ाम नहीं हुआ, दो हज़ार रुपये ब्याज़ पर लाया हूँ।" पिता ने अपनी विवशता बताई।

ब्याज़ नाम सुनकर वकील साहब के होश उड़ गये, वह सोचने लगे, इस ग़रीब के साथ मैंने क्या किया, यह ग़रीब तो महाजन के ब्याज़ में ही मर जायेगा। यह बात वकील साहब सोच ही रहे थे कि दयाराम ने दो हज़ार रुपये उनके हाथ से लेकर कहा–"यह मुक़दमा है, यहाँ तो पैसे से ही काम होता है, पूरे पैसे नहीं दोगे तो मुक़दमा कैसे पड़ेगा।"

"वकील साहब दयाराम की बात सुनकर क्रोधित होते हुए बोले–"दयाराम किसी ग़रीब की परेशानी समझो, यह सोचो, काश मैं इस जगह होता, तो क्या करता, मैं इससे और पैसे नहीं ले सकता, मैं इसका इतने पैसों में ही काम करूँगा। दयाराम मुक़दमे का मज़मून टाइप हो गया

होगा लेकर आओ। मुक़दमें का समय हो रहा है।"

दयाराम इतना सुनकर अपना मुँह लटकाए टाइपिस्ट के पास चला गया। तब वकील साहब शशि के पिता से बोले–

"तुम पैसों कि फिक्र मत करो आज के बाद कोई पैसा ब्याज़ पर मत लाना, मैं आपके केस ऐसे ही लड़ूँगा। थोड़ा बहुत तारीख़ों का खर्च होगा, वह देते रहना।"

"वकील साहब दुनिया में आज भी मानवता बाक़ी है, तुम्हारे रूप में। मैं तो घबरा गया था, अब कैसे लड़ूँगा मुक़दमें, लेकिन तुम्हारी बातों ने मेरा मन हलका कर दिया, मैं आपसे वायदा करता हूँ, थोड़े-थोड़े लाकर आपको देता रहूँगा। आपका कोई पैसा नहीं रखूँगा।" शशि के पिता ने कृतज्ञता के साथ कहा।

"भाई परेशानी को दौर सब पर आता है। वह इन्सान क्या जो दूसरे इन्सान की परेशानी न समझे। हो सकता है, भगवान आपकी परीक्षा ले रहा हो। मेरी तुमसे एक विनती है।" वकील साहब सोचते हुए बोले।

"वकील साहब आप आदेश करें। मैं आपका आदेश भगवान का आदेश मानकर उसका पालन करूँगा।" वह बोले।

"आप मुक़दमों की तारीख़ों पर बराबर आते रहना, यहाँ पैसा ही सब कुछ है। तुम्हारे पास पैसा नहीं है, इसलिए कठिनाई तुम्हें ज्यादा महसूस होगी, अगर कठिनाइयों को पार कर गये, तो इन्साफ तुम्हें मिलकर रहेगा। भगवान भी ग़रीबों का ज्यादा इम्तिहान लेता है, जो परेशानी से घबरा गया वह कहीं का भी नहीं रहता। मैं इस संकट की घड़ी में आपके साथ हूँ।" वकील साहब ने तसल्ली दी।

"अगर आप मेरे साथ हैं तो मैं हर मुसीबत से टकरा सकता हूँ।" शशि के पिता ने हाथ जोड़कर कहा।

"मुझे यही उम्मीद थी।"

इतने देर में दयाराम टाइप कराकर ले आया, वकील साहब ने तीनों मुक़दमें तैयार करके अलग-अलग अदालतों में पेश कर दिये, जिनमें अलग-अलग तारीख़ लगी। दहेज के मुक़दमें में अगले दिन की तारीख़ लगी। जिसमें अदालत ने थाने से रिपोर्ट तलब कर ली, वकील साहब

वापस अपने चैम्बर पर आ गये, उन्होंने शशि को बताया–

"दहेज़ वाले मुक़दमे में कल की तारीख़ लगी है। जिसमें थाने से रिपोर्ट आयेगी। तभी उस पर कोई अगला आदेश होगा। आप लोग कल ग्यारह बजे तक आ जाना, देखते हैं आगे क्या होगा।"

"ठीक है, वकील साहब, हम चलते हैं।"

कहकर शशि व उसका पिता चैम्बर से जाने लगे तभी दयाराम ने शशि के पिता से कहा–

"अभी ख़र्चे में दो हज़ार रुपये बाक़ी हैं कल लेते आना।" इतना सुनकर वकील साहब दयाराम पर भड़क उठे और बोले–

"हर आदमी को एक लकड़ी नहीं हाँकते, किसी की ग़रीबी का भी ध्यान रखना चाहिए। मालूम है यह दो हज़ार ब्याज़ पर लेकर आया है और कहाँ से लायेगा। मैं इसके मुक़दमे का खर्च ख़ुद उठाऊँगा। आज के बाद शशि के पिता से पैसों की बात मत करना।"

दयाराम यह सुनकर कुछ मायूस हो गया। शशि के पिता के जाने के बाद दयाराम वकील साहब से बोला–"वकील साहब अगर आप लोगों पर इसी तरह दया करते रहोगे, तो तुम्हारे और मेरे बच्चे तो भूखे मर जायेंगे।"

"दयाराम तुम्हें भगवान पर भरोसा नहीं रहा, यह भगवान का काम है, रोज़ी-रोटी देना, अगर हम किसी पर दया नहीं करेंगे, तो भगवान भी हम पर दया नहीं करेगा। दया करना सीखो। तुम्हारा नाम तो ख़ुद दया है, लेकिन तुम अपने नाम के विपरीत हो, किसी भूखे को रोटी खिलाकर देखो, फिर उसमें सुख का अहसास करो, वह सुख इतना आनन्दाई होगा, कि उस सुख के आगे संसार का हर सुख बेकार साबित होगा।" "लेकिन मैं तुमसे यह बात क्यों कह रहा हूँ। तुम्हें तो पैसा चाहिए, शशि के पिता ने जो दो हज़ार रुपये दिये उनमें से एक हज़ार तुम रख लो, एक हज़ार मुझे दे दो और आज के बाद इन लोगों से पैसे की बात मत करना, अगर मैं इनसे पैसा लूँगा, तो मैं तुम्हें ज़रुर दूँगा।" वकील साहब सख्त स्वर में बोले।

यह बात सुनकर दयाराम इस स्थिति में नहीं था, कि वह क्या जवाब दे। दयाराम अपनी झेंप मिटाते हुए बोला–

"मेरे कहने का मतलब यह नहीं था, जो आप समझ बैठे। तुम मुझे क्या समझाना चाहते हो।

वकील साहब। आपका पेशा वकालत का है। यहाँ जज़बातों से काम नहीं चलता। अगर आप इस तरह के जज़बात रखोगे, तो खाओगे क्या, यहाँ आने वाला हर तीसरा आदमी ग़रीब होता है। अमीर आदमी बहुत कम कचहरी में क़दम रखता है। वह अपने पैसे के बल पर अपनी परेशानी बाहर से बाहर हल कर लेता है। केवल मजबूरी में कचहरी की शरण लेता है। यहाँ सत्तानवे प्रतिशत ग़रीब व बीच के दर्जे के लोग आते हैं, जो समाज में अपनी झूठी शान दिखाने के लिए जीते हैं। जबकि वास्तविकता यह है, कि वह इतना कम पाते हैं, जिससे अपने परिवार का गुज़ारा कर सकें। परन्तु देखने में आया है, यही बीच के दर्जे के लोग ज्यादातर अपनी प्रतिष्ठा की लड़ाई में यहाँ कचहरी आते हैं, इस प्रतिष्ठा के चक्कर में वह तबाह और बर्बाद हो जाते हैं। अन्त में क्या होता है फैसला, वे लोग फैसला जब करते है, जब उनके पास कुछ बाक़ी नहीं रहता, यही हाल इस केस में भी होगा, यह पति-पत्नी के रिश्तों में ज्यादा झगड़ा नहीं होता, कुछ महीने बाद दोनो पक्षों के लोग बैठेंगे और फैसले की बात करेंगे। लोग भी जब तक कचहरी के चक्कर लगाकर वकीलों से तंग आकर अपने मार्ग को तलाश करते हुए फैसला ही करना बेहतर समझेंगे। बेहतर यही है, कि आप मुक़दमों को मुक़दमों के हिसाब से ही देखा करें। जज़बात से नहीं इन्सान जब तक तुम्हारी तारीफ या प्रशंसा का गुणगान करेगा, जब तक उनका मुक़दमा आपके पास है। मुक़दमा ख़त्म होने के बाद वह आपकी तरफ झाँकेगा भी नहीं। इसीलिए मेरी राय मानें, पार्टी से पैसे भरपूर लो, अरे उसे सब्जबाग़ दिखाकर उसके जज़बात को झिंझोड़ते रहो, इसी में मेरी और आपकी भलाई है।" दयाराम ने समझाने की कोशिश की।

"दयाराम, जो भी तुमने कहा सब ठीक है, परन्तु इन्सान वही है, जो दूसरे की परेशानी में काम आए। उसकी परेशानी से लाभ न उठाए। मैंने वही काम किया है जो एक इन्सान को दूसरे इन्सान के लिए करना चाहिए। हर इन्सान को यह सोचना चाहिए, कि भगवान मुझ पर अगर यह परेशानी देता, तो उस समय मैं भी इस स्थिति में होता, तो मैं क्या करता? इन्सान वही है, जो दूसरे पर अहसान करके भूल जाए, उसी में उसकी भलाई है। अहसान केवल अहसान समझ कर नहीं करना चाहिए, केवल मानवता के आधार पर यह कार्य करना चाहिए। ऐसे लोग मरने के बाद भी ज़िन्दा रहे हैं।" वकील साहब बोले।

"वकील साहब। मुझे आपका भाषण नहीं सुनना है, मेरी ग़लती हो गई, जो मैं अपना

समझकर आपके पास आ गया, अगर दूसरी जगह जाता तो मुझे मुक़दमें की कमीशन भी अच्छी मिलती, जिससे मेरा ख़र्च चलता, तुम्हारे पास आने का मतलब है, भूखे मरना। मैं ऐसा नहीं कर सकता, मैं तो केवल पैसे के लिए कार्य करता हूँ। आज के युग में मानवता नहीं है। इसीलिए मैं पैसे को ही भगवान समझता हूँ। अब मैं चलता हूँ। इन्सानियत का धर्म तो तुम निभाओ मुझे मेरे हिस्से के पैसे दे दो।” दयाराम ने स्पष्ट शब्दों में कहा।

“ठीक है दयाराम! मैं आपकी बात समझ गया, यह तो पैसे, लेकिन हर इन्सान की फितरत होती है, मेरी भी यह फितरत है, कि मैं ग़रीब की मदद करूँ, तो करता रहूँगा। इसके लिए मुझे कितने ही कष्ट सहन क्यों न करने पड़ें। रही आपके द्वारा मेरे पास मुक़दमें लाने का काम, तो भाई मत लाना, आप मेरा भाग्य तो छीन नहीं सकते, मुझे ऊपर वाले पर भरोसा है, कि वह सबको उनके हिसाब से काम देता है, तो मुझे भी मेरे हिसाब से काम ज़रूर देगा।” वकील साहब बोले।

“ठीक है, वकील साहब, हमारी आज से आपको हमेशा-हमेशा के लिए राम–राम है, मुझे तो अपने बच्चों का पेट भरना है, समाजसेवा से पेट नहीं भरता।”

यह कहकर गुस्से में दयाराम चला वहां से उठकर चला गया। दयाराम के चले जाने के बाद वकील साहब यह सोच रहे थे कि भगवान तूने संसार में कैसे-कैसे लोग उतारे हैं, जो तेरी सृष्टि को ही तंग व परेशान करके अपने भले की सोचते हैं। तू फिर भी उनसे रूष्ट नहीं होता, उन्हें वैसी ही रोज़ी देता है, जैसी वह चाहते हैं। तेरी लीला भी अपार है।

अगले दिन, वकील साहब शशि व उसके पिता को लेकर अदालत पहुंचे। पुकार लगाई गई, वकील साहब व शशि हाज़िर हाज़िर हैं। मुक़दमा पेश हुआ, अदालत ने वकील साहब से पूछा– "वकील साहब अब क्या कहना चाहते हो, थाने से जो रिपोर्ट आई है, उसमें लिखा है प्रार्थिनी ने जो प्रार्थना पत्र थाने में दिया था, उसकी जाँच कराई गई, जांचोपरान्त तथ्य झूठे पाये गये, जिस कारण प्रार्थिनी का मुक़दमा पंजीकृत नहीं किया जा सकता।”

“योर ऑनर! थाना, विपक्षी के हाथों बिक चुका है, उनका एक रिश्तेदार पुलिस में है जिसने थाने में जाकर यह षडयंत्र रचकर इस तरह की रिपोर्ट माननीय न्यायालय के समक्ष भिजवा दी है। अगर प्रार्थिनी को आपके यहाँ से इन्साफ नहीं मिला, तो वह कहाँ जायेगी। योर ऑनर आप

तो जानते हैं, आज भारत में सब कुछ हो सकता है, जो नहीं होना चाहिए, यह तो केवल एक रिपोर्ट है। मेरी अदालत से विनती है, कि प्रार्थिनी के प्रार्थना पत्र पर थाने को आदेश दें, कि वह मुक़दमा पंजीकृत करके विपक्षी के विरुद्ध कानूनी कार्यवाही करें।" वकील साहब ने कहा।

"वकील साहब, मैं आपके जज़्बात समझता हूँ और यह भी जानता हूँ, कि थाने पर क्या होता है, लेकिन मेरी भी कुछ सीमाएँ हैं, जिनके अन्दर मुझे रहकर न्याय का कार्य करना होता है। मैंने आपके अनुसार मुक़दमा पंजीकृत करने के आदेश दे भी दिया तो क्या होगा, बकौल आपका कहना है, कि थाना असर में है, फिर क्या होगा, थाने ने आपका मुक़दमा पंजीकृत करके गिरफ्तारी नहीं की और इस मुक़दमें में फाइनल रिपोर्ट लगा दी, फिर आप क्या करेंगे।"

"योर ऑनर। मैं तो आपसे इतनी विनती करता हूँ, कि लड़की को इन्साफ मिले।" वकील साहब ने प्रार्थना की।

"ठीक है वकील साहब, हम आपके जज़्बातों को ध्यान में रखते हुए और लड़की की परेशानी को महसूस करते हुए, उक्त मुक़दमें की कम्पलेन्ट केस में रजिस्टर्ड करने का आदेश देते हैं। इस तरह हम भी अपने अधिकार का इस्तेमाल आसानी से कर सकते हैं, इस प्रक्रिया में देरी ज़रुर होती है, परन्तु इन्साफ ज़रूर मिलता है।" जज ने कहा।

"ठीक है योर ऑनर! जो भी आप आदेश करेंगे मुझे मन्जूर है।"

अदालत ने मुक़दमा प्राइवेट के रूप मे दर्ज करके, मुक़दमें को दूसरी जगह हस्तान्तरित कर दिया।

वकील साहब ने उक्त मुक़दमे में शशि व उसके गवाहान का बयान कराया, इसी तरह दूसरे मुक़दमों में पैरवी की, कुछ महीने बाद मुक़दमों का असर दिखने लगा, अमित व उसका पिता, बिरादरी के लोगों को ले जाकर शशि से फैसले की बात करने की कोशिश शुरु करने लगे। शशि का पिता भी यही चाहता था कि इन मुक़दमें के दबाव के कारण शशि अपनी ससुराल चली जाए। शशि के पिता ने फैसले की सूचना अपने वकील साहब को दी, वकील साहब भी यही चाहते थे, कि झगड़े में कोई फायदा नहीं है, अगर अमित शशि को ले जाना चाहता है, तो उसे समाज के सम्मानित व्यक्तियों के बीच आपसी सुलह सफाई करके भेज देना चाहिए। लड़की ऐसा धन है, जो घर में नही सजाया जाता, लड़की तो अर्पने पति व ससुराल मे ही अच्छी लगती

है। शादी के बाद लड़की को उसके पिता के घर सम्मान की दृष्टि से यह समाज नहीं देखता। बेहतर यही होगा, दोनों को बैठाकर समझा दिया जाए, कि भविष्य में ऐसी ग़लती दोबारा न हो, जो कचहरी को मुँह देखना पड़े। जिसके लिए दोनों पक्ष तैयार हो गये। दोनों पक्षों ने आपस में एक दूसरे को अपनी-अपनी परेशानी बताई, दोनों पक्षों को सन्तुष्ट करने के लिए स्टाम्प पेपर पर अपनी-अपनी सहमति के लिए तैयार हो गये। समाज में यह तय हुआ, कि लड़की कचहरी से नहीं अपने पिता के घर से जायेगी। उसके बाद दोनों पक्ष कचहरी आकर स्टाम्प पेपर पर हस्ताक्षर करेंगे। दिन तय कर दिया गया कि आज से पाँच दिन बाद अमित शशि को लेने शशि के घर जायेगा। शशि उसके साथ अपने ससुराल चली जायेगी। तय कर दोनों पक्ष अपने घर चले गये।

पाँच दिन बाद शशि के घर वाले इस इन्तज़ार में थे कि अमित शशि को लेने आयेगा, परन्तु सुबह से शाम हो गई। अमित शशि को लेने नहीं पहुँचा। शाम को शशि के घर फोन आया, कि अमित शशि को लेने घर नहीं आयेगा, कचहरी से ही लायेगा। इस बात पर शशि का पिता आग बबूला हो गया और कहने लगा कि लड़की वालों को इतना सम्मान भी नहीं मिलेगा, तो फिर इस तरह रिश्तेदारी रखने से क्या फायदा, दोनों पक्षों की बात सुनकर अमित के साथ शशि को भेजने को फैसला कर लिया जिसके लिए शशि तैयार नहीं हुई। शशि ने अपने पिता व पंचों से हट कर वकील साहब से बात करने की कोशिश की। शशि को यह अवसर मिल गया। शशि ने वकील साहब से रोते हुए कहा-"वकील साहब! मेरी आपसे एक विनती है, अगर आप इज़्ज़त दें तो कहूँ।"

"शशि कहो, तुम्हारी मर्ज़ी के बिना कोई फैसला नहीं होगा, क्योंकि तुम्हें ही वहाँ रहना है।" वकील साहब ने हमदर्दी से कहा।

"वकील साहब, मैं अमित के साथ नहीं जाना चाहती।" शशि ने रोते हुए बताया।

"ऐसा क्यों? अब तो सब बात तय हो चुकी है। अमित ने पंचों को यक़ीन दिला दिया है कि वह हर तरह से तुम्हें ख़ुश रखेगा। फिर अचानक ऐसा फैसला क्यों लिया है।" वकील साहब ने हैरानी से पूछा-"शशि मैं तुम्हारे इस फैसले से सहमत नहीं हूँ। यह फैसला तुम्हारे पिता के सम्मान को ठेस पहुँचा सकता है। अभी भी वक़्त है शशि सोच लो, मैं भेजने के लिए कल और

टाल सकता हूँ, लेकिन जो भी फैसला हो सोच समझकर मर्यादाओं के अनुकूल लेना।"

"ठीक है, वकील साहब, मैं कल अकैली आकर आपको हक़ीकत बता दूँगी, फिर आप जो भी निर्णय लेंगे मुझे मंजूर होगा।" शशि ने स्पष्ट स्वर में कहा।

"ठीक है शशि मैं तेरी बात ज़रूर सुनूँगा।" वकील साहब ने सांत्वना देते हुए कहा।

"वकील साहब ने दोनों पक्षों से कहा–

"आज शशि को नहीं भेज रहा हूँ, दो दिन बाद शशि की छोटी बहन के रिश्ते वाले आ रहे हैं, घर में कोई काम–काज देखने वाला भी नहीं है, शशि की माँ इस हालत में नहीं है कि जो मेहमानों की देखभाल कर सके। इसलिए एक हफ्ता बाद फैसले की बात होगी।"

दूसरे पक्ष के लोग वकील साहब की बात को मान गये और एक हफ्ते बाद आने के लिए सहमत हो गये। परन्तु शशि का पिता वकील साहब की बात नहीं समझ पाया, दूसरे पक्ष के चले जाने के बाद वकील साहब शशि के पिता को अदालत का बहाना बनाकर अपने साथ ले गये। दोनों एक चाय के होटल में बैठ गये। वकील साहब ने शशि कि पिता को बताया– "शशि, अमित के साथ नहीं जाना चाहती है, शशि न जाने की वजह मुझे अकेले में बताना चाहती है, अगर आप मुझ पर विश्वास करते हो तो कल शशि को चैम्बर पर ग्यारह बजे भेज देना, ताकि मैं उसके दिल की बात जान सकूँ।"

"वकील साहब! मुझे आप पर पूरा भरोसा है, आप जो भी निर्णय लेंगे, उसमें मेरा ही भला होगा, ऐसा मेरा विश्वास है। मैं कल शशि को ग्यारह बजे भेज दूँगा। आप उससे पूछ कर बता देना क्या बात है।" शशि के पिता ने सहमत होते हुए कहा।

"ठीक है आप फिक्र न करें, जो कुछ होगा अच्छा ही होगा, हो सकता है जो देर हो रही है, इसमें भगवान की कुछ अच्छाई ही हो।" वकील साहब सोचने वाले अंदाज में बोले।

दोनों ने चाय पी, कुछ देर बाद बात करते हुए वकील साहब अपने चैम्बर पर आ गये। वकील साहब ने शशि के पिता के सामने कहा–

"शशि कल ग्यारह बजे थोड़ी देर के लिए आपको मेरे चैम्बर पर आना है, तुम अकेली चली आना।"

"ठीक है वकील साहब! अगर पिता जी मुझे आज्ञा देंगे, तो मैं ज़रूर आऊँगी।" शशि ने धीमें

स्वर में कहा।

"मेरी तरफ से इजाज़त है। तुम वकील साहब से कल ग्यारह बजे आकर मिलना।" कहकर शशि व उसका पिता बाहर की तरफ निकल गए। रास्ते में शशि ख़ुश थी, कि अब मुझे वकील साहब को असल बात बताने को मौक़ा मिलेगा।

अगले दिन ठीक ग्यारह बजे शशि अपने वकील साहब के चैम्बर पर पहुंच गई। उस समय वकील साहब के पास कुछ और लोग बैठे थे। वकील साहब ने शशि को बैठने को इशारा करते हुए कहा–

"मैं अभी तुमसे बात करता हूँ। पहले इन लोगों की बात सुनकर इन्हें अदालतों में भेज दूँ।" उसके बाद वकील साहब ने लोगों की बात सुनकर अदालतों में भेज दिया। इस समय शशि और वकील साहब दोनों अकेले थे।

"हाँ शशि अब बताओ तुम क्या कहना चाहती हो।" फ़ुर्सत पाते ही वकील साहब ने पूछा।

"वकील साहब मैं तुम्हें आज अपनी ज़िन्दगी का सच बताने जा रही हूँ। आज तक यह बात मैंने अपने माता-पिता को भी नहीं बताई। केवल उनके मान सम्मान की वजह से, वह सदमा शायद बर्दाश्त न कर सकें, लेकिन मैं यह सच बताकर समाज से लड़ना चाहती हूँ।" शशि ने गम्भीर स्वर में बताया।

"ऐसा कौन सा सच है, तुमने आज तक अपने घर वालों तक को नहीं बताया, मुझे बताना चाहती हो।"

"वकील साहब आप दयावान हो, इसलिए यह सच मैं आपको बताना चाहती हूँ, पर इसमें भी मेरी एक शर्त है।" उसने कहा।

"वह शर्त क्या है?" वकील साहब चौंके।

"मैं जो बताने जा रही हूँ, उसका मेरे पिता को पता न चले वरना।"

"वरना क्या शशि।"

"वकील साहब आप तो जानते हो सच हमेशा कड़वा होता है, जो हर आदमी बर्दाश्त नहीं कर पाता, लेकिन सच की सच्चाई को नहीं बदला जा सकता, एक दिन सच सामने ज़रूर आकर रहता है।"

"बातों में बड़ी दिलचस्पी महसूस होती है। मैं आपसे वायदा करता हूँ, यह बात मैं आपकी तरफ से तुम्हारे पिता को नहीं बताऊँगा, अब बताओ क्या बात है।" वकील साहब ने उत्सुकता से पूछा।

"बात यह है वकील साहब! अमित नामर्द हैं।"

"क्या मतलब, फिर तुम्हारी गोद में लड़की?"

"यही तो समाज का सच है। हुआ यूँ जब मैं ब्याह कर अपनी ससुराल गई, तो अमित को उससे बात करने का अवसर नहीं मिला। दोबारा जब में गई तो अमित मेरे कमरे में आया और बोला–

"शशि मैं इस लायक नहीं हूँ, कि आपकी सैक्स की पूर्ति कर सकूँ। मैंने अमित को विश्वास दिलाया कि यह बीमारी ऐसी नहीं है जिसका इलाज न हो सके। मैं आपके इलाज में पूर्ण सहयोग दूँगी। मैं वायदा करती हूँ। यह राज मेरे तुम्हारे बीच ही रहेगा। इसका किसी को पता नहीं चलेगा, परन्तु वह अपनी ज़िन्दगी से मायूस हो चुका था। मैं भी अपनी क़िस्मत पर रो रही थी। सास ने जब मेरी यह हालत देखी, तो मुझसे पूछा, दुल्हन इतनी उदास क्यों हो। मैंने पहले तो छिपाने का प्रयास किया, सास ने जब ज्यादा दबाव दिया, तो मैंने अमित की नामर्द होने की बात अपनी सास को बताई। सास अमित की बात का सच जानकर सोच में पड़ गई फिर उसने एक रात मेरे कमरे में अमित के छोटे भाई सुधीर को भेज दिया, मैंने लाख विरोध किया, परन्तु कुछ न कर सकी, उसी से मेरे यह लड़की पैदा हुई। मेरी लड़की पैदा होने पर मेरे ऊपर सास के जुल्म और बढ़ गये। वह मेरे से लड़के की उम्मीद रखती थी, जिसको मैं शायद पूरा न कर सकी। इसी कारण मुझे घर से निकाल दिया गया, अगर अब मैं दौबारा ससुराल जाती हूँ, तो मुझे वही दिन देखने पड़ेंगे, जो पहले भोग चुकी हूँ। मेरे देवर की शादी भी होगी उसके बाद मेरा क्या होगा, जब तक मेरे और बच्चे पैदा हो जायेंगे। जब मैं कहीं की भी नहीं रहूँगी। इस समय मेरे एक सन्तान है और किसी को नहीं पता यह सन्तान किसकी है। अब आप ही फैसला कीजिए, मुझे वहाँ जाना चाहिए या नहीं।"

"ओह! यह तो बड़ी दुख भरी दास्तान है। वाकई आपके साथ जुल्म हुआ है। मैं आपके इस जज़्बे की दाद देता हूँ, कि आपने अपने माता-पिता की ग़रीबी को ध्यान में रखते हुए, अपनी

बलि दे दी और उफ़ तक नहीं की, अमित के घर वालों ने वाकई आपके साथ ज़ुल्म किया है। अब क्या गारन्टी है, कि आपको एक बहू के रूप में स्वीकार करें। क्योंकि अमित तो अपनी ज़िन्दगी में पति का अधिकार आपको दे नहीं सकता, अब तो आप अमित के घर में केवल एक नौकरानी से भी बदतर ज़िन्दगी गुज़ारने पर मजबूर होंगी, क्योंकि कोई भी व्यक्ति नौकरानी का खुले आम यौन शोषण नहीं करता, वहाँ आपका यौन शोषण भी होगा और अच्छी ज़िन्दगी जीने का भी कभी अवसर नहीं मिलेगा। मैं आपका दुःख समझता हूँ। मैं आपकी अकेला तो मदद नहीं कर सकता, मैं दूसरी पार्टी के वकील से बात करके देखता हूँ।" वकील साहब ने कहा।

"नहीं, वकील साहब ऐसा मत करना, कहीं वे यह बात किसी और को न बता दें, जिससे मेरी इज़्ज़त बिल्कुल ख़त्म हो जाए।" शशि भयभीत होकर बोली।

"शशि दुनिया में हर आदमी एक सा नहीं होता।" वकील साहब ने समझाया।

परन्तु जिससे आप बात करने को कह रहे हैं, वह वकील है और वह भी मुखालिफ पार्टी का, तुमने यह कैसे समझ लिया, कि वह तुम्हारी बात पर यक़ीन कर लेगा।" शशि ने अपने शब्दों पर जोर देते हुए कहा।

"शशि"

शशि मैंने माना, वह वकील है और वह भी दूसरी पार्टी का, लेकिन वह वकील से पहले एक नेक दिल इन्सान भी है, मुझे यक़ीन है, कि वह इस परेशानी को समझकर तुम्हारी मदद ज़रूर करेगा। मुझे पूरी उम्मीद है, वह आपका दुःख ज़रूर समझेगा। हम लोग केवल अदालत तक ही एक दूसरे के मुखालिफ होते हैं अदालत से बाहर नहीं, बाहर हम भी एक सामाजिक प्राणी हैं हमें भी यह दिखाई देता है, कि समाज में जिस व्यक्ति के साथ जुल्म हो रहा है, तो उसे इस जुल्म से कैसे मुक्ति दिलाई जाए, इसीलिए मैं तुम्हारी परेशानी वकील साहब क सामने रखूँगा, मुझे उम्मीद है, कि वह आपकी मदद ज़रूर करेंगे।" वकील साहब ने तसल्ली दी।

"ठीक है, वकील साहब, जैसा आप चाहते हो करो, पर मुझे इस नर्क से बचाओ। मैं आपका यह अहसान अपनी ज़िन्दगी में नहीं भूलूँगी।" वह प्रार्थना भरे स्वर में बोली।

"इसमें अहसान की कोई बात नहीं है। मैं तो सिर्फ मानवता के नाते तुम्हारी मदद करना चाहता हूँ।" वकील साहब बोले।

"वकील साहब, तुम अमित के वकील साहब से बात करके देख लो, अगर तुम्हें इतना विश्वास है, कि वह मेरी मदद कर सकते हैं। यह भी करके देख लो।"

"ठीक है, शशि! मैं अभी वकील साहब को मुंशी जी के हाथ बुलवाता हूँ।" कहकर वकील साहब ने अपने मुंशी को अमित के वकील साहब के पास भेजा, वकील साहब मुंशी जी के कहते ही वकील साहब से मिलने उनके चैम्बर पर पहुँच गए।

"वकील साहब नमस्कार, आपने कैसे याद किया सब खैरियत तो है।"

"शर्मा जी इसे आप जानते हो।" वकील साहब ने शशि की ओर इशारा करते हुए पूछा।

"हाँ यह शशि है।"

"इस समय यह धर्म संकट में फंसी है। उसे आप ही निकाल सकते हैं।" वकील साहब शशि की ओर देखते हुए बोले।

"बताओ शशि मैं आपकी क्या मदद कर सकता हूँ। वैसे अमित और तुम्हारी बीच फैसले की बात चल रही है। आप जाना भी चाहती हो।" शर्मा जी ने अनुमान लगाने वाले अंदाज में पूछा।

"वकील साहब, मैं जाने को तैयार हूँ। पर जाऊँ किसके लिए।" शशि दुःखी होकर बोली।

"अरे, अमित तुम्हारा पति है, उसी से झगड़ा है, वही तुम्हें ले जाना चाहता है। मैं तो अमित के काग़ज़ों में तुम्हारे हित की बात लिख सकता हूँ, जिससे तुम्हें भविष्य में कोई परेशानी न हो।" शर्मा जी ने समझाया।

"वकील साहब, जो आप समझ रहे हैं, वह बात नहीं है, यहाँ बात कुछ और है।" कहकर शशि रो पड़ी और अपना दुखड़ा रो-रोकर सुनाने लगी।

वकील साहब उसकी बात सुनकर भावुक हो गये और बोले-"शशि इतना बड़ा अत्याचार तुम्हारे साथ हुआ। ऐसी स्थिति में तो आपका जाना ठीक नहीं है। मैं कोशिश यही करूँगा, कि अमित से तुम्हारा तलाक़ करा दूँ ताकि भविष्य में तुम अपना जीवन सुखमय जी सको, मेरी हमदर्दी तुम्हारे साथ है, लेकिन इसके लिए मुझे भूमिका बनानी पड़ेगी, अमित को तलाक़ के लिए तैयार करना पड़ेगा। इस समय अमित तो मेरे पास नहीं है। मैं उसे फोन करके बुलाता हूँ। अमित के दिल की इच्छा तो समझ लूँ, वह क्या चाहता है। तुम वक़्त का इन्तज़ार करो।"

"वकील साहब, मेरी आपसे एक और विनती है।" शशि भर्राए स्वर में बोली।

"कहो क्या कहना चाहती हो।" उन्होंने पूछा।

"वकील साहब, मैंने जो तुम्हें बताया है, उसे किसी का पता न चले वरना...।"

"मैं तुम्हारी स्थिति समझ सकता हूँ। यह राज़, राज़ ही रहेगा।" कहकर वकील साहब चले गए।

शशि को वकील साहब द्वारा सहानुभूति से आस की उम्मीद जागी, वह सोच रही थी, मुझे अब इस नर्क से जल्द ही छुटकारा मिल सकता है। शशि अपने वकील साहब से इज़ाज़त लेकर अपने घर वापस लौट गई।

उधर अमित के वकील साहब ने अपने चैम्बर में पहुँच अमित को फोन लगाकर अपने पास बुलाने का आग्रह किया।

अगले दिन, अमित वकील साहब के पास पहुंच गया।

"वकील साहब आपने अचानक कैसे बुलाया है, तारीख़ से पहले, अभी तो तारीख़ में समय है।"

"हाँ अमित! मैं तुमसे दिल की बात पूछना चाहता हूँ। तुम यह बताओ क्या तुम दिल से शशि को अपने साथ रखना चाहते हो।" शर्मा जी ने अनुमान लगाते हुए पूछा।

"कैसी बातें कर रहे हो, वकील साहब! मैं तो केवल इन मुक़दमों के डर की वजह से ले जाने की बात कर रहा हूँ। वरना मुझे शशि व उसकी बच्ची को ख़र्च देना पड़ जायेगा, इससे ज्यादा और कुछ नहीं, मुझे शशि को घर ले जाकर थोड़े ही डालना है। मेरी तरफ से वह आज भी तलाक़ शुदा है और आगे भी ऐसी ही रहेगी। मुझे औरत रखने का कोई शौक़ नहीं है, यह तो माँ की ज़िद थी, जो मैंने शादी कर ली, वरना मुझे शादी की न आज इच्छा है और न आगे रहेगी, हो सके तो बिना पैसे दिये मेरी तलाक़ करा दो, ताकि मैं अपना जीवन जैसे पहले जी रहा था, वैसे ही जी सकूँ।" अमित ने अपने मन की बात बताई।

"लेकिन अमित बिना पैसा दिये तो तलाक़ सम्भव नहीं है। बेटी वालों का जो ख़र्च हुआ है, उसे तो तुम्हें देना ही होगा। मेरा भी यही ख़्याल है, कि शशि एक मरा हुआ साँप जिसे गले में इस तरह ज्यादा दिन डालना ठीक नहीं है। तुम अगर शशि को तलाक़ दे दो, तो यह तुम्हारे जीवन के लिए ज्यादा अच्छ रहेगा।" शर्मा जी ने समझाया।

"ठीक है वकील साहब, तलाक़ तो मैं भी चाहता हूँ। लेकिन मेरे पास पैसा नहीं है, जो शशि को दे सकूँ। पैसे की बात तो मुझे अपनी माता जी से करनी पड़ेगी, उसके बाद ही मैं तुम्हें कोई उत्तर दे सकता हूँ।" शर्मा जी ने समझाया।

"ठीक है, वकील साहब! आज शाम को मैं अपनी माँ से बात करके आपको उत्तर दूँगा। तभी आप कुछ करना।" अमित कुछ देर बाद उठते हुए बोला।

"ठीक है अमित, मैं वक़्त का इन्तज़ार करूँगा।" शर्मा जी ने कहा।

अमित इतना कहकर अपने गाँव वापस लौट गया। घर जाकर वकील साहब से हुई बातचीत से माँ को अवगत कराया। माँ अमित की बात को बड़े ध्यानपूर्वक सुनती रही, फिर अमित से बोली–

"वकील साहब ठीक कह रहे हैं। अगर शशि ने हमारी असलियत समाज के सामने रख दी तो हम मुँह दिखाने लायक़ नहीं रहेंगे। अगर हम शशि को समाज का दबाव बनाकर अपने घर ले भी आये, और घर आकर शशि ने अगर कोई क़दम उठा लिया और वह मर गई, तो हम तमाम उम्र जेल में चक्की पीसेंगे। इसीलिए हमें वकील साहब की बात पर ध्यान देना चाहिए, आज तो वह लोग तलाक़ को तैयार हैं, इसलिए वक़्त का लाभ उठाते हुए हमें शशि से तलाक़ लेने में ही लाभ है। हम समाज को यह बता देंगे, कि अब हमारे साथ रहने को तैयार नहीं है, तो हम क्या कर सकते हैं। समाज शशि को ही क़सूरवार ठहरायेगा। हमें नहीं, हम सब बुराइयों से बच जायेंगे। लेकिन इन सबके लिए मुझे तेरे पिताजी से बात करनी होगी, वह शाम को स्कूल से आ जायें। मैं मौक़ा देखकर बातचीत करूँगी। देखती हूँ वह इस बारे में क्या कहते हैं।" मां ने अमित को समझाते हुए कहा।

"ठीक है माँ, जैसा तू चाहती है, वैसा ही कर, पर शशि से मेरी जान बचा।"

"बेटा, वक़्त का इन्तज़ार कर, मेरी बात होने दे, देखती हूँ, वह क्या कहते हैं।" मां ने तसल्ली दी।

"ठीक है माँ मैं खेत पर जा रहा हूँ। खेत से मैं देर रात लौटूँगा। इसी बीच तू बात कर लेना।" कह कर अमित चला गया।

शाम को अमित का पिता घर वापस लौटा तो अमित की मां ने उसकी ख़ूब सेवा करनी शुरू

कर दी। खाना खाने के बाद हुक़्क़ा भरकर लाई। मास्टर जी ने हुक़्क़ा पीना शुरु कर दिया। तभी अमित की माँ बोली–

"अजी मुझे तुमसे कुछ ज़रूरी बात करनी है।"

"किसके बारे में।"

"अमित के बारे में।" मां ने बताया।

"क्या बात करनी है।" पति ने उत्सुकतावश उसकी ओर देखा।

"अमित का मुक़दमा अपनी पत्नी से चल रहा है।" मां ने बताया– "शशि ने हमें भी मुल्ज़िम बना रखा है। मैं चाहती हूँ, कि शशि से छुटकारा पा लूँ। इस छुटकारे से हमारे परिवार की जान बच सकती है।"

"वह कैसे?" वह चौंके।

"तलाक़ लेकर। पर इसके लिए हमें शशि के घर वालों को कुछ पैसा देना होगा।" मां ने बताया।

"कितना पैसा देना होगा।" पति ने पूछा।

"अगर तलाक़ चाहिए, तो क़रीब दो लाख रुपये देकर हमारा शशि से हमेशा के लिए पीछा कट सकता है।" मां बोली।

"अरी भाग्यवान! दो लाख रुपये ऐसी थोड़े ही पेड़ पर लग रहे हैं, जो मैं जाकर दे दूँ।" पति ने झल्लाकर कहा।

"अजी आपके पास जो जमा हैं। उनमें से दे दो।" पत्नी ने सलाह दी।

"मैं दो लाख रुपये इस पर क्यों खर्च करूँ, यह मेरी सगी औलाद थोडे.ही है। जो पैसा है, वह मेरी औलाद के काम आयेगा, इस पर क्यों खर्च करूँ।" पति ने झल्लाकर कहा।

"अजी यह तो आपके सगे भाई की औलाद है, कोई गैऱ थोड़े ही है। तुम्हारे भाई की निशानी है। इसके रूप में आपने अपने भाई को पाया है। संसार में सब कुछ पैसा हो सकता है भाई नहीं, अब तो आपका भाई भी इस दुनिया में नहीं है। उसकी निशानी है। अगर यह परेशान होता है, तो आपके भाई की आत्मा दुःखी होगी, अपने भाई की आत्मा की शान्ति के लिए ही दो लाख रुपये खर्च कर दो।" पत्नी ने याचना भरे स्वर में कहा।

"अरी तू पागल हो गई है, मैं इतना धार्मिक आदमी थोड़े ही हूँ, जो लोगों की आत्मा की शान्ति के लिए पैसे खर्च करता फिरूँ। मैं अमित के लिए फूटी कौड़ी खर्च नहीं कर सकता।" वह एकाएक ही भड़क उठा।

"लेकिन अमित के लिए तो कुछ करना ही पड़ेगा, मैंने सारी जवानी तुम्हारे मोह में काट दी, आज तक कोई प्रश्न नहीं किया, मैंने तुम्हें वारिस दिया, मैं तुम्हारे साथ कन्धे से कन्धा मिलाकर सदा साथ रही, आज मेरा थोड़ा सा काम पड़ा, तो तुमने आँखें दिखा दीं।" पत्नी ने तड़पकर कहा।

"भाग्यवान, तूने मुझे सहारा नहीं दिया, बल्कि मैंने तुझसे शादी करके तुझे सहारा दिया, वरना पता नहीं तेरा क्या होता, कौन तुझसे शादी करता, तू कैसे अपनी जवानी को काटती, समाज का हर आदमी तुझे अपनी हवस का शिकार बनाता, मैंने तुझे सहारा देकर इन सब बुराईयों से तुझे बचाया है, वरना पता नहीं तेरा क्या हाल होता, तुझे तो मेरा शुक्र गुज़ार होना चाहिए, कि मैंने तुझे सम्मान पूर्वक ज़िन्दगी जीने का अवसर दिया।" पति गुस्से में भड़ककर बोला।

"सही कह रहे हो, जब इन्सान बुढ़ापे में आ जाता है, तो ऐसी ही बातें करता है, जैसी तुम कर रहे हो। वह समय भूल गये, जब तुम मेरे हुस्न के दीवाने थे मुझे पाने के लिए अमित के पिता की ज़िन्दगी में ही कोशिश कर रहे थे। वो तो तुम्हें मौक़ा नहीं मिला, मुझे लगता है तुमने मुझे पाने के लिए ही अमित के पिता को मरवाया हो। जिससे तुम मुझे पा सको। तुम्हारी बातों से तुम्हारे गन्दे ज़हन की बू आ रही है। तुमने धोखा फरेब करके अपनी हवस मिटाने के लिए मुझसे शादी की थी। हर आदमी किसी भी चीज़ को पाने के लिए किसी भी हद तक जा सकता है।"

"अगर मैंने तुम्हे पाने के लिए अपने भाई को मरवा दिया, तो क्या बुरा किया। मैं अपने मक़सद में कामयाब हूँ।"

"तो आप इस मुसीबत में उसकी मदद नहीं करोगे?" मां ने स्पष्ट भरे स्वर में पूछा।

"बिल्कुल नहीं।"

"और कोई सूरत है, अमित के मदद करने की।" उसने पूछा।

"हाँ एक सूरत है। मैं अमित की मदद कर सकता हूँ।"

"वह क्या है?" मां की दृष्टि उनके चेहरे पर टिकी थी।

"अगर अमित अपने हिस्से की ज़मीन मेरे नाम कर दे, तो मैं उसे दो लाख रुपये दे सकता हूँ।" पिता ने स्पष्ट शब्दों में कहा।

"सही सोचा आपने। इससे ज्यादा और क्या सोच सकते थे। इन्सान के लालच का पिटारा सिर्फ़ पुण्य कार्यों में भी अपना भला सोचना है। तुम्हें इसके पिता से आई हुई भूमि जो आज इसके नाम है, वही दिखाई दी, अमित द्वारा बचपन से आज तक एक बैल की तरह कमाकर अपने खेतों का भी आपको दिया है। कभी अपने खर्च के लिए आपसे दस रुपये तक नहीं माँगे, वह हमेशा एक पालतू कुत्ते की तरह तुम्हारी चौखट पर पड़कर तुम्हारी सेवा करता रहा है। उसकी इस मेहनत का अच्छा सिला दिया है आपने। ख़ैर कोई बात नहीं ग़लती मुझसे ही हुई है, जो मैं आपके रंगीन सपनों के बहकावे में आकर आपसे शादी कर बैठी, जिसकी सज़ा मुझे मेरी औलाद के रूप में मिल रही है। मैंने तो इसलिए आपसे शादी की थी, आप इसको अपना ख़ून समझकर इसकी परवरिश करोगे, परन्तु तुमने यह दिखा दिया, कि इन्सान केवल अपने स्वार्थों की पूर्ति देखता है और कुछ नहीं, इन्सान के स्वार्थ के आगे इन्सान द्वारा बनाए गए, हर रिश्ते फीके पड़ जाते हैं, उसे कुछ ध्यान नहीं रहता, अगर ध्यान रहता है, तो केवल अपना स्वार्थ।"

फिर वह सोचने लगी–इन्सान का प्यार भी एक धोखा है, जो मुझे पति के रूप में देखने को मिला, अब मैं इस स्थिति में हूँ, किधर जाऊँ, मैं इस समय न तो पति छोड़ सकती हूँ और न अमित की परेशानी को नज़र अन्दाज़ कर सकती हूँ। मेरे लिए तो इस समय अन्धेरा ही अन्धेरा है। मुझे इस समय कुछ समझ में नहीं आ रहा है, कौन सा मार्ग चुनूँ। अगर पति को छोड़ती हूँ तो उससे पैदा हुए बच्चों को क्या होगा। इसमें उन बच्चों को क्या दोष, अगर अमित का साथ छोड़ती हूँ, तो उसका इस दुनिया में मेरे अलावा कौन है। मैं क्या करूँ, इस समय तो मेरी परीक्षा की घड़ी है। मुझे हिम्मत और हौसले से काम लेना होगा। अमित को इस समय मेरी ज्यादा ज़रुरत है, अगर मैं उसकी ज़मीन भी अपने पति के नाम करा देती हूँ, तो फिर भी अमित मेरे पास ही रहेगा, मैं उसकी अच्छी देखभाल करके माँ होने का कर्त्तव्य निभाऊँगी, इसके अलावा मेरे पास और कोई चारा भी नहीं है, मुझे अपने पति की बात स्वीकार कर लेनी चाहिए। काफी

देर तक सोचने के बाद उसने पति से कहा–

"मैं तैयार हूँ, जैसा आप चाहते हैं। मैं अमित की ज़मीन आपको दिला दूँगी।"

"भाग्यवान ऐसे नहीं चाहिए, अमित को कचहरी में चलकर बाक़ायदा ज़मीन का बैनामा मेरे नाम करना होगा।" पति ने कहा।

"ठीक है, जैसे आपको संतुष्अहिहो, वैसा कर लो, मुझे कोई विपत्ति नहीं है। लेकिन कचहरी जाने से पहले मेरी एक शर्त है।" पत्नी ने सोचने वाली मुद्रा में कहा।

"वह क्या शर्त है?"

"आपको पहले अमित के वकील से बात करनी होगी, बात तय होने पर ज़मीन का बैनामा होगा।" पत्नी ने कहा।

"हाँ, तेरी शर्त मंज़ूर है। मैं ज़मीन लिखाने से पहले अमित के वकील से एक फ़र्जी पिता नहीं असली पिता बनकर बात करने की कोशिश करूँगा। किसी को यह महसूस नहीं होने दूँगा, कि मैं अमित का पिता नहीं हूँ। मैं कोशिश तो यही करूँगा, कि अमित और शशि की बात बन जाए। अगर किसी वजह से बात नहीं बनती है, फिर तलाक़ की बात करूँगा।" पति ने यकीन दिलाया।

"ठीक है, जैसा आप उचित समझे।" पत्नी उनकी बात से सहमत होते हुए बोली।

"तारीख़ कब है, मुझे अमित के वकील के पास कब जाना है।" पति ने पूछा।

"अमित की तारीख़ परसों है, तभी आपको अमित के साथ जाना है। वह लोग भी आयेंगे, तुम भी अपने साथ एक दो आदमियों को ले जाना।" पत्नि ने समझाया।

"ठीक है, तू इसकी चिन्ता न कर, यह काम मुझ पर छोड़, देख मैं अमित का काम किस ख़ूबसूरती से निपटाता हूँ।" पति ने चुटकी बजाते हुए कहा।

"ठीक है याद रखना परसों कचहरी ज़रूर चले जाना।" कहकर अमित की माँ वहाँ से उठकर बाहर चली गई। अगले दिन, अमित का पिता स्कूल चला गया। पिता के स्कूल चले जाने के बाद अमित अपनी माँ के पास आया और पूछा–

"माँ क्या हुआ, पिता जी से बात की।"

"हाँ बेटा बात की, वह तेरी परेशानी सुनकर बैचेन हो गये और मुझसे कहने लगे, अरे अमित के काम के लिए अगर मुझे दस लाख रुपये भी ख़र्च करने पड़ें तो मैं ख़र्च करूँगा, मुझे अमित

जान से ज्यादा प्यारा है और क्यों ना हो–अमित मेरे भाई की निशानी है, मैं अमित को देखकर अपने भाई को महसूस करता हूँ। इस समय अमित परेशानी में है। यह मेरा कर्त्तव्य बनता है, कि इस संकट की घड़ी में अमित का साथ दूँ।"

"लेकिन माँ मुझे लगता नहीं, पिता जी ने यह सब बातें मेरे लिए कहीं होंगी, क्यों कि आज तक पिताजी ने मुझ से बात तक नहीं की, मेरा दुःख दर्द तक नहीं पूछा, जब मैं कभी बीमार पड़ा, तो मुझे कभी दो पैसे की दवाई तक नहीं दिलाई। आज तुम इतनी बड़ी बातें कर रही हो। यह बात मेरे गले से नहीं उतर रही है।" अमित आश्चर्य से बोला।

"बेटा, ऐसी बात नहीं, जो तू समझ बैठा, ऐसा नहीं कि वह तेरी तरफ ध्यान नहीं देते, वह अक्सर मुझसे तेरे बारे में पूछते रहते हैं, वह तेरी हर सुख–सुविधा के बारे में मुझसे कहते रहते हैं। तेरा यह सोचना ग़लत है, यही तो हैं, जिन्होंने तेरे पिता के देहान्त के बाद तुझे व मुझे सहारा दिया, अगर यह सहारा ने देते तो न जाने हमारा क्या होता, इन्सान को पहचानना हर व्यक्ति के बस की बात नहीं है। किसी इन्सान की नफरत में भी प्यार होता है, जो दिखाई नहीं देता, अगर तुझसे प्यार न होता, वह दो लाख रुपये देने को कैसे तैयार हो जाते, तू इस बात की फिक्र न कर, कि वह तुझसे प्यार नहीं करते, इसका पता तुझे परसों कचहरी जाने पर चलेगा, वह अपने साथ गाँव के कुछ सम्मानित व्यक्तियों को लेकर भी जायेंगे और वकील से बात करेंगे।" मां ने तसल्ली दी।

"माँ यह तू नहीं कह रही है, यह तेरे जज़्बात बोल रहे हैं। अगर संसार में कोई किसी का सगा है, तो वह केवल माँ है। तेरी बातों से यह ज़ाहिर हो रहा है, तू जो कुछ कह रही थी, उसमें सच्चाई कम, ममता ज्यादा झलक रही थी, फिर भी अगर पिता ने यह सब कहा है, तो इसमें भी तेरा प्यार रहा है, वरना जिसे तू मेरा नाम निहाद पिता कहती है और मैं भी समाज की लोक लज्जा के कारण उसे पिता कहता हूँ वह वास्तव में पिता कहलाने लायक़ नहीं है और न कभी रहेगा। मेरी मदद करने में मुझे ज़रूर कोई क़ीमत चुकानी होगी।" अमित ने शंका प्रकट की।

"नहीं बेटा, भगवान पर भरोसा कर, जो वह करेगा अच्छा ही होगा।"

"अच्छा मैं चलता हूँ।" वह बोला।

"ठीक है बेटा, अपना ख्याल रखना।" मां ने स्नेहपूर्वक कहा।

उसके बाद अमित घर से बाहर अपने खेतों की तरफ जाने लगा। अमित के चले जाने के बाद माँ यह सोच रही थी, कि सच्चाई कितनी भी छिपाओ नहीं छुपती, अमित अपने पिता की हक़ीकत जानता है। मैंने उसे समझाने की लाख कोशिश की, परन्तु वह हक़ीकत समझ ही गया। अमित मेरी बात को ममता मानकर सब कुछ भूल गया, उसे तो केवल मेरी बातें ममता ही लगती हैं। मैंने भी तो अमित का दर्द नहीं समझा, मैंने कभी उसे माँ का प्यार नहीं दिया, इस कारण अमित हीन भावना का शिकार हो गया है। मैं वास्तव में माँ कहलाने लायक़ नहीं हूँ। मैं भी अपने स्वार्थ में यह भूल गई, कि तेरी भी इससे पूर्व पति की सन्तान है। मैंने ही उसे जन्म दिया है, जितनी ममता पर मास्टर की औलाद का हक़ है उससे बढ़कर अमित का था, उसे पिता का प्यार नहीं मिला, मुझे ही माता-पिता के प्यार की पूर्ति करनी थी, जो मैं नहीं कर पाई हूँ। आज अमित एक ब्रह्मचारी की ज़िन्दगी गुज़ार रहा है। काश! मैं इस ओर पहले ध्यान दे देती, तो शायद आज यह नौबत न आती, अब बात हद से गुज़र चुकी है, वह शशि को अपने साथ क्यों रखे, किसी की औलाद को अपनी औलाद क्यों कहे। अमित पर क्या गुज़र रही है। वही जानता है। मैंने अमित की शादी करके उसके दुखों में ही बढ़ोतरी की है। अमित ने मेरी ख़ुशी की ख़ातिर ही शशि से शादी की थी, परन्तु शशि को मैंने अपने पुत्र मोह में ही उसे घर से निकाला, उसे न जाने कितनी कठिनाइयाँ दीं। मैं अमित के साथ-साथ शशि की भी दोषी हूँ। अब इसका सुधार केवल तलाक़ लेकर ही किया जा सकता है। तलाक़ दोनों ज़िन्दगी को पुनः जीवित कर सकता है, पर जो मैं सोच रही हूँ, वह सत्य है। मैंने जो पाप किया है वह सही था, मुझे आज अपने आप से घृणा हो रही है। इसका प्रायश्चित कहीं भी सम्भव नहीं है। मैंने शशि के साथ जो पाप किया है, उसकी पाप की लपटों में रहकर ज़िन्दगी भर जलती रहूँगी। हे भगवान! मुझे क्षमा करना। मुझे पता है, मेरे द्वारा किया पाप क्षमा योग्य नहीं है, फिर भी तू भगवान है। तू चाहे तो मानव की बड़ी से बड़ी गलती को क्षमा कर सकता है। मैं इस पाप की ज्वाला में हमेशा जलती रहूँगी। यही इस पाप का प्रायश्चित है। वह मन-ही-मन सोचती रही।

इसी घृणा में अमित की माँ जल रही थी। इसी तरह वह दिन भी आ पहुंचा, जिस दिन अमित अपने पिता के साथ कचहरी पहुंचा।

सुबह-सुबह माँ ने मास्टर जी को याद दिलाया–"आज आप स्कूल नहीं कचहरी जायेंगे।

याद है ना!”

“मुझे याद है, इसीलिए मैं स्कूल से आज की छुट्टी लेकर आया हूँ। मैंने अपने गाँव के चौधरी से भी बात की है। वह भी मेरे साथ कचहरी जाने को तैयार हो गये हैं, और मेरे पड़ौसी शर्मा जी भी कह रहे थे, मास्टर जी मैं भी कचहरी चलूँगा। शशि के घर वालों को समझाऊँगा, कि तलाक़ बुरी चीज़ है, अगर गुंजाइश हो तो भेज दो। मैंने भी उससे कहा, कि तुम भी कोशिश करके देख लो। मैं यही चाहता हूँ, अमित का घर आबाद रहे। वह मेरी बात से प्रसन्न थे और कह रहे थे, मास्टर जी जब तुम इतना चाहते हो, तो बात क्यों बिगड़ी, हो सकता है, शशि में ही कुछ कमी हो। खैर इन सब बातों का अब कोई लाभ नहीं, बाकी वकील साहब से बात करके देखेंगे, कि वह क्या चाहते हैं। वह रोज़ इस काम को करते हैं, उनका क्या कहना है। अब मैं कचहरी चलता हूँ, वह लोग मेरा इन्तज़ार अपनी-अपनी बैठक पर कर रहे होंगे। अमित कहाँ है।” उन्होंने चलते-चलते पूछा।

“वह आपका इन्तज़ार बाहर खड़ा कर रहा है।” मां ने बताया।

“ठीक है।” कहकर मास्टर जी अपने घर से बाहर निकल गए। अमित दरवाज़े पर खड़ा था, दोनों साथ-साथ शर्मा जी व चौधरी की बैठक पर पहुँचे। चारों साथ-साथ कचहरी पहुंचे। कचहरी में वकील साहब बैठे अमित व उसके परिवार का इन्तज़ार कर रहे थे।

“आओ अमित बड़ी देर कर दी, शशि के परिवार वाले आपका इन्तज़ार कर रहे हैं।” वकील साहब ने कहा।

“वकील साहब, शशि के परिवार वालों से मिलने से पहले, हम अमित से मशवरा कर लें, हमें क्या करना है। तुम तो इस केस को देख रहे हो। इसमें हमें किसमें फायदा है ले जाने में या तलाक़ में।” अमित के सौतेले पिता ने कहा।

“अगर आप लोग मेरी बात मानों, तो तुम्हें और तुम्हारे परिवार वालों को तलाक़ मे ही लाभ है।” वकील ने समझाया।

“क्यों वकील साहब।”

“यह बहुत बड़ी कहानी है, अगर मैंने इससे पर्दा उठाया, तो बहुत बुरा होगा, अगर आप शशि को साथ ले भी गये और उसने तुम्हारे घर जाकर कुछ अनहोनी कर ली और वह मर गई, तो

तुम्हारा पूरा परिवार जेल में ही सड़ता रहेगा, मेरी मानो तो शशि को तलाक़ देकर अपना पीछा छुड़ाओ।" वकील साहब अपनी बात पर जोर देते हुए बोले।

"वह लोग तलाक़ के लिए राज़ी हो जायेंगे।"

"यह काम आप मुझ पर छोड़ो, आप तो केवल पैसो का इन्तज़ाम रखो।" वकील साहब बोले।

"कितना पैसा खर्च हो सकता है।" उन्होंने पूछा।

"क़रीब दो लाख रुपये खर्च होंगे। तुम्हें दो लाख रुपये ख़र्च में भी फायदा है। आने वाले बुरे समय से बचने के लिए।" वकील साहब ने समझाया।

"वकील साहब तुम हमसे बेहतर सोच रहे हो। हम तुम्हारे कहे को नहीं टाल सकते, आप बात करके हमें बताओ।" पिता ने सहमति में गर्दन हिलाई।

"ठीक है, मैं बात तुम्हारे व अमित के सामने ही करूँगा, जो भी निष्कर्ष होगा, सामने होगा।"

"वकील साहब हमें आप पर पूरा भरोसा है।" अमित के पिता बोले।

वकील साहब अमित व उसके साथ आए लोगों को लेकर, शशि के वकील साहब के चैम्बर पर पहुँच गए। वकील साहब के चैम्बर पर शशि के पिता तथा उनका पड़ौसी रामचन्द्र पहले से मौजूद थे। अमित के वकील ने बात को आगे बढ़ाते हुए कहा-

"वकील साहब यह लोग भी तलाक़ को तैयार हैं। आप शादी में हुआ खर्च और दहेज़ के सामान के पैसे कुल मिलाकर दो लाख रुपये ले लो, ताकि दोनों की रज़ामन्दी से तलाक़ हो सके।"

"मैं तैयार हूँ।" शशि के वकील ने कहा।

तभी शशि के पिता के साथ आए रामचन्द्र ने वकील साहब से कहा-

"वकील साहब आपको तलाक़ में क्यों मज़ा आ रहा है। तलाक़ पर आप इतना क्यों ज़ोर दे रहे हो।"

"मेरा कोई लाभ या हानि नहीं है। यह लड़की का मामला है, वही नहीं जाना चाहती, इसमें मैं क्या कर सकता हूँ।" वकील साहब बोले।

"लड़की से मैं भी बात करना चाहता हूँ। हो सके बात बन ही जाए।" रामचन्द्र ने कहा।

"लड़की से बात करने की आवश्यकता नहीं है, मैं इसी के निर्णयानुसार कह रहा हूँ। तलाक़ में दोनों का फायदा है।" वकील ने समझाया।

"यह क्या आप वकील साहब पहेलियाँ बुझा रहे हैं।"

"शशि से भी बात करने को मना कर रहे हैं। वजह कुछ समझ में नहीं आई।"

"रामचन्द्र जी कुछ बातें ऐसी होती हैं, जो सबके सामने नहीं खोली जाती, अगर यह बात मैं सबके सामने रख दूँ, तो दोनों पक्षों की इज़्ज़त का कचरा हो जायेगा। मैं नहीं चाहता, कि किसी की इज़्ज़त से खेला जाए। रही लड़के की बात वह तलाक़ के लिए राज़ी है, तो आप कौन हैं शशि को भेजने वाले। मैंने जो निर्णय लिया है, वह दोनों परिवार वालों के हित में लिया है। अब आप तलाक़ हो जाने दें, वरना दोनों परिवारों के लिए बुरा होगा।" वकील साहब का स्वर सख़्त था।

"ऐसा क्या ज्ञान नहीं हो पा रहा।"

"रामचन्द्र जी तुम इनके दुश्मन हो या दोस्त।"

"वकील साहब यह मेरे पड़ोसी हैं, इनके बारे में जितना मैं जानता हूँ आप नहीं जानते, मैं जितना इनका हित सोच सकता हूँ, आप नहीं, आप एक वकील हैं, आपको किसी के घर बिगाड़ने या बनाने से कोई मतलब नहीं, आपको सिर्फ पैसा चाहिए।" रामचन्द्र भड़ककर बोले।

"आप ग़लत कह रहे हैं, रामचन्द्र जी, मैं वकील से पहले एक इन्सान हूँ। मुझे पता है, कि किस इन्सान को किस बात से लाभ हो सकता है। आप तो सिर्फ एक केस में यहाँ आये हो, यहाँ रोज़ इस तरह के केस देखने को मिलते हैं। इसका मतलब यह नहीं, कि हर आदमी से पैसा ही लेना वकील का धर्म है। वकील पहले सोचता है, किस आदमी का किस बात से भला होता है, वकील ऐसा व्यक्ति होता है, उसके इशारे पर उसके पक्ष वाला व्यक्ति कोरे काग़ज़ो पर हस्ताक्षर करके चला जाता है। संसार में ऐसा कोई पेशा नहीं जहाँ लोग कोरे काग़ज़ों पर हस्ताक्षर करके जाते हों। मालूम है, ऐसा क्यों, क्योंकि वकील को वह आदमी अपना हमदर्द समझता है, इसलिए वकील का भी फर्ज़ बन जाता है, कि वह उसके हित की बात सोचे और मैं वही सोच रहा हूँ, जो इनके हित की बात है।" वकील साहब बोले।

"लेकिन वकील साहब मैं ऐसे तलाक़ नहीं होने दूँगा, मैं सच जानकर ही रहूँगा, यह तलाक़

क्यों हो रही है।" रामचन्द्र ने कहा।

"ठीक है, अगर तुम नहीं मानते और इस मुक़दमें का सच जानना चाहते हो, तो ज़रूर सच बताऊँगा। आओ मेरे साथ।" वह उठते हुए बोले।

"कहाँ ले जा रहे हो।" रामचन्द्र चौंका।

"यह सच मैं आपको अकेले में बताना चाहता हूँ।" वकील साहब ने शब्दों पर जोर देते हुए कहा।

"ठीक है, वकील साहब मैं आपके साथ चलता हूँ।" वह उठते हुए बोला।

दोनों साथ–साथ चैम्बर से बाहर आ गए। वकील साहब कोने में ले जाकर रामचन्द्र से कहने लगे।

"शशि का पति नामर्द है।"

"क्या मतलब, अगर अमित नामर्द है, तो शशि की गोद में यह लड़की किसकी है।" वह फिर से चौंका।

"यह लड़की अमित के छोटे भाई की है। वही शशि के साथ रहता आया है और कुछ सुनना है।" वकील साहब के स्वर में झल्लाहट थी।

"नहीं वकील साहब! शशि झूठ बोल रही है। वह अमित पर इल्जाम लगा रही है। आप शशि को नहीं जानते जितना मैं जानता हूँ। वह एक आवारा लड़की है, उसके यहाँ लड़को का आना जाना है।" रामचन्द्र बौखलाते हुए बोला।

"मुझे नहीं लगता कि तुम इसके हमदर्द हो या दुश्मन।" वकील साहब हैरानी से भरकर बोले।

"अगर आपकी बात मान ली जाए, जो तुम कह रहे हो सच है, पर शशि को उसके साथ नहीं रहना तो तब तुम और मैं क्या कर सकते हैं।"

"वकील साहब अगर लड़की के साथ ज़बरदस्ती करके उसे ससुराल भेज दिया जाए। वह कब तक अमित से नही मिलेगी, जब उस पर ज़्यादती होगी ठीक हो जायेगी।"

"यही सोचा आपने, लगता है आपकी कोई लड़की नहीं है, इसीलिए ऐसी बातें कर रहे हैं, तुम्हें क्या पता लड़की का दुःख क्या होता है। लड़की सब कुछ बर्दाश्त कर लेती है, परन्तु अपने

पति की बेवफ़ाई सहन नहीं करती, इसीलिए मैं कह रहा हूँ, शशि का तलाक़ हो जाने दें, इसमें टाँग न अड़ाएँ।" वकील साहब धीमे स्वर में बोले।

"वकील साहब शशि की यह बात आपने उसके पिता को बताई।" रामचन्द्र ने पूछा।

"नहीं।"

"क्यों नहीं बताई।"

"केवल इसलिए कि इसमें लड़की की इज़्ज़त पर हमला होगा और लड़की ने मुझे यह बात बताने को मना किया था, जिसे मेरे पिता को सदमा न हो।" वकील साहब बोले।

"चलो मैंने आपकी बात बड़ी कर दी, अमित के वकील से बात बताई होती।"

"हाँ मैंने उनसे लड़की की बात कराई थी, लड़की की बात सुनकर वह तलाक़ के लिए तैयार हुए हैं।" उन्होंने बताया।

"मैं भी अमित से पूछकर आपको इसका उत्तर दूँगा।" कहकर रामचन्द्र ने अमित से यही प्रश्न कर दिया उस समय अमित के गाँव के दो सम्मानित व्यक्ति व उसका पिता भी मौजूद थे।

"क्यों अमित तुम नामर्द हो।"

"नहीं...यह आप कैसी बात कह रहे हैं। अगर मैं नामर्द होता, तो यह बच्ची कहाँ से आती।" अमित हड़बड़ाते हुए बोला।

""शशि का कहना है, कि मेरी सास ने तुम्हारी नामर्दी के कारण मेरे पास अपने छोटे लड़के सुधीर को भेजा जिससे मेरे साथ एक पति की तरह रिश्ता क़ायम किया। इसलिए यह लड़की सुधीर की है।"

इतना सुनकर शशि के पिता क्रोधित होकर बोले–

"यह बात तो मुझे शशि ने नहीं बताई। तुम्हें कैसे पता चली।"

"मुझे यह बात शशि के वकील ने बताई है। वकील साहब कह रहे थे, कि यह बात मुझे शशि ने ख़ुद बताई है।" रामचन्द्र ने बताया।

तभी अमित के वकील साहब ने कहा–

"मुझे भी यह बात शशि ने बताई है, मैं इसीलिए तलाक़ पर ज्यादा ज़ोर दे रहा था।"

इतना सुनकर शशि के पिता का सर शर्म से झुक गया, अमित के साथ आए लोगों को भी

शशि के द्वारा कहा गया अचम्भा सा महसूस हुआ, उन्हें शशि की बात में सच्चाई महसूस हुई। वह अमित व उसके पिता को घृणा की दृष्टि से देखने लगे, अमित व उसके पिता को छोड़कर यह कहते हुए वकील साहब के चैम्बर से चले गये कि तुम्हारी पत्नी इतनी नीच है, वह इस हद तक गिर सकती है। हमें तुम्हारे साथ नहीं आना चाहिए था। कहकर मुँह बनाते हुए अमित व उसके पिता को छोड़कर चले गये।

शशि भी अपने व रामचन्द्र के साथ घर लौट गई। तलाक़ का मामला बीच में ही अटक गया। दोनों पार्टी के वकील एक दूसरे के मुँह को देखते रहे और सोचने लगे, कि सच कितना कड़ुवा होता है। बर्दाश्त नहीं हुआ। दोनों पार्टी तलाक़ के लिए तैयार थीं, एक आदमी की नादानी ने दोनों घरों को बदनामी में धकेल दिया, यह बात आत तक किसी को पता नहीं थी, अब दोनों के मौहल्ले में फैल जायेगी। इसका क्या अंजाम होगा, भगवान ही जानता है। कहकर चले गये।

अमित के गाँव से आए शर्मा जी व सरपंच ने यह बात जाकर अपनी पत्नियों को बताई। फिर क्या था, यह बात पूरे गाँव में आग की तरह फैल गई। अब अमित की माँ का घर से निकलना भारी हो गया, गांव का छोटा बड़ा जो भी अमित की माँ को देखता, यही कहता, कि ये वही औरत है, जिसने अपने बड़े बेटे की बहू को छोटे से उसकी इच्छा के विरुद्ध मिलवाया, शशि की जो सन्तान है वह अमित की नहीं सुधीर की है। अमित की माँ ने हमारे गाँव में यह कृत्य करके हमारे गाँव का सर नीचा कर दिया है। ऐसी औरत को गाँव में रहने का अधिकार नहीं है, इस गाँव से निकालने के लिए गाँव के मुखिया के पास चलना चाहिए। इसी तरह गाँव की औरतों के सुर में सुर गाँव के मर्दों ने भी मिलाए। अब गाँव के चारों ओर अमित के परिवार के विरुद्ध विद्रोह उत्पन्न हो गया। अमित के परिवार का कोई भी सदस्य घर से निकलता, तो लोग उस पर व्यंग्य कसते, इस बेइज़्ज़ती से क्षुब्ध होकर एक दिन अमित की माँ ने फन्दा डालकर आत्महत्या कर ली। माँ के इस कृत्य से गाँव के लोगों को शक अब यक़ीन में बदल गया। गाँव के लोगों ने एक मन होकर शशि के परिवार से मिलने का फैसला किया। गाँव की ओर से यह निर्णय लिया गया, कि शशि को न्याय दिलाया जाए, लेकिन कुछ लोगों ने कहा, हम उसे कैसे न्याय दे सकते हैं। न्याय के लिए शशि से पूछ जाए वह कया चाहती है।

"ठीक है लेकिन शशि के पास कौन जायेगा।" उनमें से एक व्यक्ति ने कहा।

"आप गाँव के सरपंच हैं और पण्डित जी हमारे गाँव के सम्मानित व्यक्ति हैं, आपसे बेहतर और कौन हो सकता है। हमें आप पर पूर्ण विश्वास है, कि आप शशि की भावनाओं को समझ कर जो भी निर्णय लेंगे, वह हमें और शशि को मंजूर होगा। आपने आज तक जो भी निर्णय लिया है, उसका हमसे गाँव वालों ने आँखें मूँदकर समर्थन किया है। आप जब भी न्याय करते हैं, उसमें कभी पक्षपात नहीं करते, पीड़ित पक्ष को न्याय दिलाते हैं। आप न्याय करते समय कभी छोटे बड़े, धनी व निर्धन का फर्क महसूस नहीं करते, जो न्याय की माँग है, वही करते हैं। आज ही शशि के घर जाकर शशि की इच्छा जानकर हमें अपने निर्णय से अवगत करा दें।" गांव का एक व्यक्ति बोला।

"ठीक है, ग्रामवासियों! आज आपने फिर मेरे ऊपर इस न्याय की ज़िम्मेदारी डाल दी है। लेकिन न्याय करने से पूर्व, मैं अमित व उसके परिवार वालों से बातचीत करना चाहता हूँ, ताकि न्याय करते समय किसी के साथ अन्याय न हो।"

"ठीक है, सरपंच जी, हम अमित व उसके परिवार को यहीं गाँव की सभा में बुलाते हैं, जो बात आप करना चाहते हैं, वह बात गाँव के लोगों को भी पता चले।" गांव वाले बोले।

"ठीक है हम जो भी पूछताछ करेंगे वह सबके सामने करेंगे।" सरपंच ने कहा।

गाँव के लोगों ने अमित व उसके पिता व छोटे भाई को उनके मकान से बुलाकर पंचायत के सामने पेश किया, यह तीनों पूरे गाँव के सामने सर झुकाए खड़े थे। जैसे वाकई शशि के मुल्ज़िम हों। गाँव के सरपंच ने अमित से प्रश्न करने से पहले उसे भगवान की सौगन्ध दिलाते हुए गीता पर हाथ रखकर क़सम खिलवाई।

"अमित पंचायत के सामने भगवान की सौगन्ध व गीता पर हाथ रखकर कहो, जो कहूँगा सच कहूँगा, सच के सिवा कुछ नहीं कहूँगा।"

"मैं, अमित भगवान की सौगन्ध व गीता पर हाथ रखकर सौगन्ध खाता हूँ पंचायत के सामने जो कहूँगा, सच कहूँगा, इसके अलावा कुछ भी नहीं कहूँगा।"

"शशि ने तुम पर आरोप लगाया है, कि तुम नामर्द हो। क्या यह बात सत्य है।" सरपंच ने पूछा।

"जी सरपंच जी, शशि जो कह रही है, वह सत्य है। इसके अलावा मैं कुछ नहीं जानता।"

“शशि से जो बच्चा है, क्या वह तुम्हारे छोटे भाई का है।”“ सरपंच ने दूसरा प्रश्न किया।

“इस बारे में नहीं बता सकता, मेरे सामने ऐसा कोई कृत्य नहीं हुआ, जिससे मैं यह कह सकूँ, यह बच्चा सुधीर का है। हाँ इतना ज़रूर है, कि यह बच्चा मेरा नहीं है।” अमित ने शर्मिन्दगी के साथ कहा।

“आपको यह पता था, आप औरत के लायक़ नहीं हैं, फिर भी आपने से शादी क्यों कि?” सरपंच ने पूछा।

“सरपंच जी! मैं अपनी माँ का आदेश भगवान का आदेश मानकर पालन करता था। शादी की इच्छा मेरी माँ की थी, उसी की इच्छानुसार मैंने शशि से शादी की है।” अमित ने बताया।

“तुमने अपनी माँ को अपने अवगुण के बारे में क्यों नहीं बताया? जिससे वह आपकी शादी नहीं करती, आपके चुप रहने के कारण एक नारी का जीवन नर्क बन गया।” सरपंच ने कठोर स्वर में पूछा।

“यह मेरी ग़लती है, मुझे माँ को सच बता देना चाहिए था। हो सकता है, शशि की ज़िन्दगी नर्क न बनती।”

“पंचायत आपके इस कृत्य के लिए आप पर जुर्माना करना चाहती है, आपको इस बारे में क्या कहना है।” सरपंच ने पूछा।

“मुझे गाँव की पंचायत का फैसला मंजूर है, पर मेरी भी एक प्रार्थना है।” अमित बोला।

“बताओ क्या कहना चाहते हो।” सरपंच ने पूछा।

“पंचायत का जो भी निर्णय होगा, मुझे मान्य होगा, लेकिन मेरे पास पैसा नहीं है, मेरे पिता के बाद जो मेरी भूमि मुझे मिली है मैं उस पर खेती करके अपने सौतेले पिता को देता हूँ, मेरे पास कोई पैसा नहीं है।” अमित ने सच्चाई बयान की–”मैं चाहता हूँ, मेरे हिस्से की जो भी ज़मीन है, उसे बेचकर यह पैसा शशि को दे दिया जाए।”

“लेकिन तुम्हारी ज़मीन कौन ख़रीदेगा।” सरपंच ने अनुमान लगाते हुए पूछा।

तभी उसके पिता ने सोचा मौक़ा अच्छा है। इस समय ज़मीन मिलने का माहौल बना हुआ है, तू इस मौके.का लाभ उठा और पंचों के बीच हाँ करके ज़मीन का पैसा देने की हाँ करके ग्राम के सामने धर्म लाभ उठाकर अच्छा बनने की कोशिश कर, इससे तेरे ऊपर लगा यह बदनुमा दाग़

भी धुल जायेगा और इसकी ज़मीन भी हड़प कर ली जायेगी। इसी बात को सोचकर अमित के सौतेले पिता ने कहा–"पंचों मैं भी कुछ कहना चाहता हूँ।"

"कहो, तुम क्या कहना चाहते हो।" सरपंच ने कहा।

"पंचों जो ग़लती अमित ने की है। वह माफी योग्य नहीं है, इस मसले पर मैं पंचायत के साथ हूँ, जो पंचायत निर्णय करेगी, वह मुझे मान्य होगा।"

"गाँव के लोगों ने पिता द्वारा कहे गये, शब्दों का स्वागत किया और कहा कि पिता हो तो ऐसा, आज इसने अपने ऊपर लगा सौतेले पिता का दाग़ धो दिया है। ऐसा ही पिता होना चाहिए।"

"ठीक है, पंचायत आपके इस निर्णय का स्वागत करती है।" सरपंच ने मुस्कुराते हुए कहा।

"पंचायत अमित को आदेश देती है अमित लिखित में शशि को पंचायत के सामने लिखकर तलाक़ देगा और बाद में अदालत में वाद योजित कर तलाक़ हासिल करेगा। शशि को हर्जाने के रूप में दो लाख रुपये अदा करेगा, पंचायत किसी को पिता होने की सूरत में यह दबाव नहीं देती, कि उसका पिता दो लाख रुपये अदा करे, बल्कि वह अमित की ज़मीन अपने नाम कराकर शशि को दो लाख रुपये अदा करेगा। ग्राम पंचायत में सभी ग्रामवासियों ने इस फैसले का स्वागत किया। पंचायत के लोग फैसले के बाद उठकर जाने लगे। तभी पंचायत के सरपंच ने लोगों को सम्बोधन करते हुए कहा–

"अभी से उठकर कहाँ चले दिये। अभी पंचायत ने पूरा निर्णय नहीं सुनाया है। अभी शशि को इन्साफ मिलना बाक़ी है।" सरपंच ने कहा।

सब लोग एक दूसरे का मुँह देखने लगे, और सोचने लगे कि अब क्या बाक़ी रह गया, फैसला ठीक हो गया। तभी सरपंच ने अपनी बात को आगे बढ़ाते हुए कहा–

"पंचों अभी पंचायत के फैसले का अहम पार्ट बाकी है, जिसके बिना शशि को इन्साफ नहीं दिलाया जा सकता। आप लोग सब अपनी जगह बैठ जायें।"

सभी लोग बैठ गए। तभी सरपंच ने सुधीर की तरफ इशारा करते हुए कहा–"यही शशि का असली मुल्ज़िम है, जो पूरी कहानी में मौन है। इसकी तरफ किसी का इशारा तक नहीं गया, इससे पूछना बाक़ी है।"

"कहो सुधीर शशि ने जो तुम पर इल्ज़ाम लगाया है, क्या वह सही है?" सरपंच ने उसकी ओर घूरते हुए पूछा।

"सरपंच जी, और गाँव के लोगों, इसमें मेरा कोई दोष नहीं है। मैंने केवल माँ की आज्ञा का पालन किया है। वह अब दुनिया में नहीं है।" सुधीर ने विवशता प्रकट की।

"सुधीर, तुम्हारा अपना हृदय क्या कहता है कि तुमने जो कृत्य किया है, वह सही था।" सरपंच ने प्रश्न किया।

"सरपंच जी मैं अपनी माँ की आज्ञा के आगे मजबूर था, यह कार्य मैंने अपनी मर्ज़ी से नहीं किया है।" उसने बताया।

"हमारे प्रश्न का उत्तर यह नहीं, जो तुम दे रहे हो। हम जो पूछ रहे हैं, उस प्रश्न का उत्तर दो।" सरपंच ने पूछा।

"सरपंच जी, मैंने जो कार्य किया है, वह समाज की दृष्टि से ग़लत है। मैं समाज का मुल्ज़िम हूँ और गाँव का गुनहगार हूँ! मेरी गैरत ने इस गुनाह को क़बूल करने पर मजबूर किया। मैंने शशि की ज़िन्दगी में ज़हर घोला है। इसकी भरपाई भी मेरे द्वारा ही की जानी चाहिए। पंचों यह सब गुनाह मैंने अपनी माँ के लिए किया है। अगर मैं माँ का कहना नहीं मानता, वह मेरे साथ कुछ भी कर सकती थी। मैं इस समय पढ़ रहा हूँ। वह मुझे अगर घर से निकाल देती, तो मैं कहाँ जाता, मेरी मजबूरी ने मुझे गुनाह करने पर मजबूर किया है। पंचों आपने तस्वीर का एक रुख देखा है, दूसरा नहीं, अगर आप मेरी जगह होते, तो उस समय आप भी वही करते, आपने सिर्फ मेरे गुनाह को सामने रखकर मुझे दोषी ठहरा दिया। आपको इस मुक़दमे की गहनता से तफ़तीश करके तब किसी निर्णय पर पहुँचना चाहिए।"

"सुधीर ऐसा नहीं कि हम तुम्हारी मजबूरी नहीं समझते, हम पंच हैं, हमें यह देखना है, कि इस समय पीड़ित पक्ष कौन है।" सरपंच ने बताया।

"पंचों इस समय तो मैं भी पीड़ित हूँ। मैंने यह कृत्य अपनी मर्ज़ी से नहीं किया। इन्साफ करने से पहले आपको मेरी मजबूरी और मेरी माँ द्वारा दी गई आज्ञा को भी सामने रखना चाहिए। तब आप किसी अन्तिम निर्णय पर पहुँचकर अपना निर्णय सुनाना है।" सुधीर ने कहा।

"पंचों में आपके निर्णय से पूर्णतया सहमत हूँ। अगर आप मुझे थोड़ा सोचने का समय दें, तो

मैं आपका अहसानमन्द रहूँगा।"

"आपको कितना समय चाहिए।" सरपंच ने पूछ।

"मुझे एक माह का समय चाहिए।"

"एक माह का समय क्यों?"

"वह इस समय मेरी पढ़ाई चल रही है।" वह सम्भलते हुए बोला-"एक माह बाद मैं अपनी पढ़ाई से निपट जाऊँगा।"

"इसकी क्या गारन्टी है, कि एक माह बाद तुम पंचायत का फैसला मानोगे।" सरपंच ने पूछा।

"पंचों मुझे इसी गाँव में रहना है। यहीं मेरी खेती की ज़मीन है। मैं यहाँ से कहां जा सकता हूं।" वह बोला।

"ठीक है। पंचायत आपको सोचने और पढ़ाई के लिए एक माह का समय देती है। पंचों ठीक है आज से एक माह बाद फिर पंचायत होगी और सुधीर को एक माह बाद निर्णय सुनाया जाएगा। आप लोग पंचायत के निर्णय से सहमत हैं।" सरपंच ने पूछ।

"ठीक है! हम लोग पंचायत के हर निर्णय का स्वागत करते हैं। हमारी पंचायत पर आस्था है, वह एक माह बाद जो भी निर्णय देगी, ठीक ही होगा।" गांव के लोगों ने कहा।

"ग्रामवासियों यह पंचायत एक माह के लिए स्थगित की जाती है। साथ ही ग्रामवासियों से अनुरोध है, कि वह सुधीर व उसके परिवार के साथ कोई अभद्र व्यवहार न करें।"

"ठीक है सरपंच साहब! हम ग्रामवासी ऐसा कोई कार्य नहीं करेंगे, जिससे पंचायत का अपमान हो।" सभी लोगों ने सहमति जताई।

उसके बाद सभा समाप्त हो गई।

ग्रामवासी अपने-अपने घरों को लौट गये। लेकिन हर ग्रामवासी के मन में सुधीर व उसका परिवार चुभने लगा। सुधीर जब भी अपने घर से निकलता, लोग आँखों के इशारे से एक दूसरे को इशारा कर उसे चिढ़ाते तथा गाँव के लोगों ने सुधीर व उसके परिवार का बायकाट सा कर दिया। सुधीर यह अच्छी तरह समझता था, कि गाँव के लोग उनसे नफरत करने लगे हैं। वह अपने को हर पल हीनता का शिकार महसूस करने लगा। सुधीर इस बेइज़्ज़ती से बचने के

लिए उपाय सोचने लगा। लेकिन उसका दिमाग़ काम नहीं कर रहा था। कि कैसा इस बेइज़्ज़ती से निकलकर इज़्ज़त की ज़िन्दगी जी जाए। सुधीर ने सोचा, कि कुछ दिन के लिए क्यों न गाँव छोड़ दिया जाए, ताकि उसे इस मुसीबत से बचने का उपाय ध्यान आ जाए।

यही सोचकर सुधीर ने एक दिन गाँव छोड़ने का निर्णय लिया। सुधीर सुबह-सुबह भोर में गाँव छोड़कर अपने एक दोस्त के पास शहर में उसके घर पहुँच गया। दोस्त भी शहर में अपने परिवार से अलग रहकर किराये पर एक कमरे मे रहता था। सुधीर ने वहां पहुंचकर अपने दोस्त के दरवाज़े की कुण्डी बजाई।

कुण्डी की आवाज सुनकर दोस्त की आँख खुल गई। वह सोचने लगा कि इतनी सुबह कौन है। उसने अन्दर से ही नींद की आवाज़ में उठते हुए पूछा-

"कौन है? इतनी सुबह किसने कुण्डी बजा दी, पूरी नींद सोने भी नहीं दिया, अगर आना था, तो एक घण्टे बाद जाते।"

"अरे मनोज मैं हूँ सुधीर।" सुधीर ने बताया।

"सुधीर, अरे भाई आता हूँ।" मनोज ने घबराकर कुण्डी खोली।

"सब खैरियत तो है। इतनी सुबह-सुबह कैसे आना हुआ।" सुधीर के दोस्त ने पूछा।

"मनोज मैं इस समय संकट में हूँ। मुझे तेरी मदद की आवश्यकता है।" सुधीर ने बताया।

"अरे! सुधीर घबरा मत सब ठीक हो जाएगा, पहले तू अपने को सम्भाल अन्दर आ।"

दोनों कमरे में दाखिल हुए। मनोज ने सुधीर को अपनी चारपाई पर बैठने को कहा। सुधीर चारपाई पर लेट गया।

"बाक़ी बात बाद में होगी, तू आराम कर मैं तेरे लिए चाय लाता हूँ।" मनोज बोला।

कहकर मनोज चाय बनाने चला गया। सुधीर सोच रहा था, कि इससे कैसे अपनी बात कही जाए, यह मेरे बारे में क्या सोचेगा, कि सुधीर इतनी गन्दी ज़ेहनियत का आदमी है। सुधीर के मन में ख़्याल आया, कि यह मेरी बातें सुनकर शायद मुझे अपने कमरे से बाहर न निकाल दे। बेहतर होगा कि इसका हल स्वयं खोजा जाए।

सुधीर को अगले ही पल यह ध्यान आया, कि आज मैं मुसीबत में हूँ। सुना है असली दोस्त वही होता है, जो किसी के बुरे वक़्त में साथ दे। आज मेरी और मनोज की दोस्ती की परीक्षा हो

जाएगी और मनोज का भी पता चल जाएगा, कि यह दोस्ती के लायक़ है या नहीं। सुधीर अभी सोच ही रहा था, कि मनोज दो कप चाय लेकर आया, उसने एक कप सुधीर को दी और दूसरी कप ख़ुद ली। मनोज ने सुधीर से चाय पीते हुए कहा–

"भाई साहब ख़ैरियत तो है। इतनी सवेरे कैसे आना हुआ और वह भी इतना घबराये हुए।"

"मनोज आज में धर्मसंकट में फँस गया हूँ। मुझे उससे निकलने का कोई रास्ता नहीं दिखाई दे रहा, इसीलिए मैं तेरी शरण में आया हूँ।"

"सुधीर दोस्त कहा है, तो निःसंकोच अपनी बात बता, हो सकता है, उसका कोई समाधान निकल आए।" मनोज ने तसल्ली दी।

"मैं तेरी शरण में समाधान निकालने ही आया हूँ, मुझसे ज़िन्दगी की ऐसी भूल हुई है, जो मुझे नहीं करनी चाहिए थी।" वह घबराकर बोला।

"ऐसी क्या भूल हो गई।! हर भूल का समाधान है। तू अपनी बात बता।" मनोज ने आश्वासन देते हुए बताया।

"भाई मैंने अपनी माँ के कहने में आकर ही इतनी बड़ी भूल की है, जो मुझे नहीं करनी चाहिए।" उसने बताया।

"माँ के कहने पर भूल। अरे पगले, माँ तो हमेशा ही अपने बेटे का हित सोचती है। उसके कहने से कैसी भूल हुई। उसका कहना मानना तो हर पुत्र का धर्म होता है और तू कह रहा है, कि माँ के कहने से भूल हुई, वह भी ज़िन्दगी की सबसे बड़ी भूल, बात कुछ समझ में नहीं आई। तू पहेली मत बुझा, साफ-साफ बता क्या हुआ है।" मनोज ने चौंकने वाले अंदाज में कहा।

"मनोज मुँह से कहते हुए डरता हूँ। कहीं तू भी मुझे ग़लत समझकर घर से न भगा दे।" वह आंखों में आंसू भरकर बोला।

"अरे पगले तू चिन्ता न कर, मैं तेरे साथ ऐसा नहीं करूँगा, तू अपनी परेशानी बता, तभी उसका हल निकलेगा।"

सुधीर ने घबराते हुए अपनी बात कहनी शुरु कर दी–

"मनोज असल बात यह है, कि मैंने अपनी भाभी से अवैध सम्बन्ध बनाये हैं।" वह झिझकते हुए बोला।

"इसमें माँ कहाँ से आ गई। सम्बन्ध बनाने के लिए उसकी भी सहमति होगी।" मनोज ने उत्सुकतावश पूछा।

"नहीं–ऐसा नहीं है।"

"तो फिर क्या बात है।"

"बात असल यह है, कि मेरा भाई नामर्द है। यह बात मेरी माँ को अच्छी तरह पता थी। यह जानते हुए भी माँ ने मेरे भाई की शादी कर दी और एक रात को मुझे उसकी पत्नी के पास भेज दिया। माँ ने मुझे क़सम दी, कि मुझे इस बहू से बेटा चाहिए। तू इस काम को कर और मुझे बेटा दे, ताकि मैं भी लोगों से कह सकूँ, कि मैं भी पौत्र वाली हूँ।" सुधीर ने बताया।

"फिर क्या हुआ?" मनोज ने उत्सुकतावश पूछा।

"मैं उसके कमरे में चला गया। भाई की पत्नी ने काफी विरोध किया, परन्तु उसका विरोध काम नहीं आया, मैंने उसकी इच्छा के विरुद्ध उससे शादी जैसे सम्बन्ध बनाए।" वह बात को आगे बढ़ाते हुए बोला।

"फिर क्या हुआ?" मनोज ने उत्सुकतावश पूछा।

"भाई की पत्नी ने यह बात मेरी माँ से कही, माँ ने हंसकर टाल दिया और बहू से कहा, कि यह बात घर से बाहर नहीं जानी चाहिए। अगर बात बाहर गई तो तुझे उसी दिन घर से बाहर का रास्ता दिखा दिया जायेगा। मेरी भाभी ग़रीब घर की थी। वह ख़ून का घूँट पीकर बैठ गई, किसी से यह बात नहीं कही, वक़्त गुज़रता गया–कुछ दिन बाद मेरी भाभी का पैर भारी हो गया, मेरी माँ ने ख़ुशी मनाई, भाभी भी अपना ग़म भूल कर अपने आने वाले बच्चे के भविष्य के बारे में सोचने लगी।" सुधीर ने अफसोस के साथ बताया।

"यह तो सब ठीक है, पर इसमें कहाँ भूल हो गई। जब तेरी भाभी ने विरोध नहीं किया, तो बात ख़त्म हो गई।"

"नहीं मनोज। बात यहीं ख़त्म नहीं हो जाती, आगे की सुन! क्या हुआ।"

"बता क्या हुआ।" मनोज की दृष्टि उसके चेहरे पर टिकी थी।

"कुछ दिन बाद मेरी भाभी के लड़की पैदा हुई। लड़की पैदा होने की ख़बर सुनकर मेरी माँ का गुस्सा सातवें आसमान पर पहुँच गया। माँ ने भाभी के साथ ज़ुल्म करने शुरु कर दिये। बात

यहाँ तक पहुँची, कि भाभी अपने पिता के घर चली गई। पिता ने मेरे भाई पर पुलिस कैस कर दिया, समाज के सम्मानित व्यक्तियों के सम्मुख बात आई, लोगों ने दोनों पक्षों को बिठाकर समझौते की बात चलाई। कुछ दिनों बाद दोनों पक्ष समझौते के लिए राजी हो गये। समझौते में यह तय पाया, कि भाभी हमारे घर रहकर ही अपना जीवन व्यतीत करेगी। यह बात मेरी भाभी को पसन्द नहीं आई, वह दोबारा इस घर में आना नहीं चाहती थी। भाभी ने हकीकत बात अपने वकील के सामने रख दी, वकील ने सच बात हमारे गाँव के सरपंच से कह दी। फिर क्या था सरपंच ने यह बात पूरे गाँव में फैला दी।" सुधीर ने पूरी बात बताई। फिर वह बात को आगे बढ़ाते हुए बोला–"इसी बात को लेकर गाँव में पंचायत हुई। पंचायत में हमारे गाँव वालों व हमारा परिवार तलब किया। मेरी माँ मर चुकी है। पंचायत ने मुझसे पूछा–गाँव के सामने मेरे हृदय ने जो सत्य बात थी, वह बता दी, गाँव की पंचायत ने मुझे दोषी माना और सज़ा का प्रावधान रखा। मैंने गाँव से अपनी बात रखने के लिए एक माह का समय माँगा है। जिसमें एक सप्ताह निकल गया है। मेरे पास केवल तीन सप्ताह का समय है, मैं तेरे पास इसी लिए आया हूँ, कि मुझे सही रास्ता बता, मैं क्या करूँ।" वह घबराहट भरे स्वर में बोला।

"सुधीर तुमने जो किया, वह ग़लत तो था ही और समाज के विपरीत था। इसका एक ही हल है।" वह सोचने वाली मुद्रा में बोला।

"वह क्या।" सुधीर की दृष्टि मनोज के चेहरे पर टिकी थी।

"तुम अपनी भाभी से शादी कर लो।" मनोज ने सलाह दी।

"अगर मुझे शादी करनी होती, तो तुम्हारे पास क्यों आता, कोई और रास्ता बताओ शादी के अलावा क्या हो सकता है।"

"यही सबसे अच्छा रास्ता है। मैं नहीं समाज का हर व्यक्ति आपको यही राय देगा।" मनोज ने समझाने की कोशिश की।

"मैं अपनी भाभी से शादी तो कर लेता, परन्तु...!"

"परन्तु क्या?" मनोज ने चौंकने वाले अंदाज में उसकी ओर देखा।

"वह ज्यादा पढ़ी-लिखी नहीं है, और ना ही सुन्दर है, वह मेरे लायक नहीं है।" सुधीर नागवारी के साथ बोला।

"इसका मतलब यह हुआ, कि तुम उससे पैदा पुत्री को भी अपनाने को तैयार नहीं हो।" मनोज ने अनुमान लगाने वाले अंदाज में पूछा।

"सही कहा–मैं ऐसी औरत से शादी करके अपना जीवन नर्क नहीं बना सकता।" उसने स्पष्ट स्वर में कहा।

"दूसरे का जीवन चाहे नर्क बन जाए। वह भी तुम्हारी वजह से इन्सान कितना ख़ुदगर्ज़ है, अपना स्वार्थ सिद्ध करने के लिए वह कुछ भी कर सकता है। अगर तुम्हारी भाभी के लड़का हो जाता, तो उसे सर माथे पर बैठाया जाता, आज उसके लड़की पैदा हो गई, तो उसे अपनाने से इन्कार कर दिया, इसमें उसका क्या दोष, वह अपने घर से तो लाई नहीं, तुम्हीं से वह बच्ची पैदा हुई है। तुम्हारा यह फर्ज़ बन जाता है, कि तुम उसकी परवरिश करके बच्ची को अपनाओ और अच्छी शिक्षा दो। मान लो तुम्हारी भाभी की जगह तुम्हारी ही बेटी होती, तो तुम क्या करते, इसी बात को सोचकर सही निर्णय लो, सही निर्णय यही है, कि बच्ची को अपनाकर पिता का प्यार दो। आपके इस कार्य से गाँव के लोग तुम्हें महान कहेंगे और आपकी ग़लती का सुधार भी हो जायेगा। यह सबसे बेहतर तरीक़ा है। मेरे दोस्त मेरी बात मान जाओ, घर लौट जाओ और उसे अपना कर ज़िन्दगी को सुखमय व्यतीत करो।" मनोज ने समझाने की कोशिश की।

"यह तो कोई राय नहीं हुई। तुमने तो वही राय दी, जो आम राय होती है।" सुधीर झल्ला गया।

"सही कहा सुधीर। मैंने सच्ची दोस्ती का हक़ निभाया है और सच्चा दोस्त वही होता है, जो मुसीबत में अपने दोस्त को सही राय दे, जिससे उसका अहित न हो। मैंने भी दोस्ती का हक़ निभाया है। मेरे दोस्त तुम्हें मेरी बात ज़रूर कड़वी लग रही होगी, क्योंकि सत्यता हमेशा कड़वी होती है। सत्य कहना बहुत आसान है, परन्तु उस पर चलना बड़ा कठिन कार्य है। आज तुम सत्य को जान बूझकर ठुकरा रहे हो। मेरी बात मान लो, तुम्हारे लिए उसे अपनाना ही उचित है। अब वापस गाँव लौट जाओ और अपने कर्त्तव्य और धर्म का पालन करो।"

"ठीक है दोस्त और भी हैं, उनसे भी सलाह लूँ, उनका इस बारे में क्या ख़्याल है। फिर सोचता हूँ मुझे क्या करना है।" सुधीर बोला।

"ठीक है दोस्त, जब तुम किसी निर्णय पर पहुँच जाओ तो मुझे भी बताना आपने क्या निर्णय

लिया।" मनोज मुस्कुराया।

"ज़रूर-ज़रूर, मनोज! मैं आपको ज़रूर बताऊँगा, क्योंकि तुम मेरे ख़ास दोस्त हो, बस भगवान से प्रार्थना करो, मैं जो भी निर्णय लूँ, वह मेरे हित में हो।" सुधीर ने कहा।

"मेरी शुभकामनाएँ हमेशा आपके साथ हैं।"

"अच्छा मनोज भाई राम-राम...।" सुधीर उठते हुए बोला।

ठतना कहकर सुधीर वहाँ से चला गया। रास्ते में सुधीर मनोज की बातों पर ध्यान करते हुए सोच रहा था, कि मनोज ने जो मुझे राय दी, वह ठीक है, यही सब ग्रामीण चाहते हैं। यह बात तो कोई भी कह सकता है, जो मनोज ने मुझे दी है। इसकी दोस्ती पर मुझे नाज़ था, परन्तु यह दोस्त नहीं निकला, मनोज को कम से कम मेरे जज़्बात समझकर मुझे राय देनी चाहिए थी। लेकिन मनोज ने ऐसा नहीं किया, मनोज ने मुझसे पीछा छुड़ाने के लिए भाभी से शादी करने की सलाह दे डाली, मनोज दोस्ती के क़ाबिल नहीं, उसे मेरे जज़्बातों का थोड़ा सा तो ख़्याल रखना चाहिए था, परन्तु मनोज ने ऐसा नहीं किया, खैर कोई बात नहीं, इन्सान की परख भी मुसीबत में ही देखी जाती है, मनोज दोस्ती के क़ाबिल नहीं है। चलो अपना एक और दोस्त है, उससे इस बारे में सलाह ली जाए, वह भी शहर में रहता है, थोड़ा रंगीन मिजाज़ है, वह शायद मेरे जज़्बात समझकर मुझे सही सलाह देगा। जाने में हर्ज ही क्या है। सोचकर अपने दूसरे दोस्त विजय के पास पहुंचा। इत्तेफ़ाक़ से विजय उसे सड़क पर ही मिल गया। विजय सुधीर को देखकर ख़ुश होकर बोला—

"सुधीर आज तो काफी दिन बाद दिखाई दिये। खैरियत तो है।"

"हाँ भाई शहर आया था। सोचा विजय से भी मिलता चलूँ। चलो अच्छा किया। मगर सुधीर तेरे चेहरे पर आज पहले जैसी चमक नहीं दिखाई दे रही। सब ख़ैरियत तो है। ऐसा लगता है कोई ग़म है, जो तुझे अन्दर ही अन्दर खाए जा रहा है। चल चाय की दुकान पर बैठते हैं, आराम से बात करेंगे।" वह बोला।

दोनों दोस्त चाय की दुकान पर जाकर बैठ गए। विजय ने चाय वाले को दो चाय बनाने का आर्डर दिया। सुधीर ने सारी कथा अपने दोस्त विजय को बताई। इस पर विजय ज़ोर से ठहाका मारकर बोला—

"अरे यह कोई परेशानी नहीं है। इसका हल मेरे पास है। साँप भी मर जाएगा और लाठी भी नहीं टूटेगी।"

सुधीर उसकी बात सुनकर ख़ुश हो गया और बोला–"वाकई तू मेरा सच्चा दोस्त है, तेरे पास मेरी समस्या का हल है?"

"बिल्कुल है। तू चिन्ता न कर, पहले अपनी परीक्षा दे ले, फिर मेरे पास आना। तुझे कोई परेशानी नहीं होगी।" उसने तसल्ली दी।

"मेरा दिमाग़ तो उसी उलझन में फंसा है, विजय मैं परीक्षा कैसे दूँ।" सुधीर परेशान होकर बोला।

"अरे सुधीर तुझे अपने दोस्त पर भरोसा नहीं है?"

"नहीं ऐसी बात नहीं, अगर भरोसा न होता, तो तेरे पास क्यों आता।"

"इसलिए मुझ पर भरोसा कर, परीक्षा दे।" विजय ने उसकी पीठ थपथपाई।

"ठीक है दोस्त! मैं परीक्षा के बाद फिर आऊँगा।" सुधीर ने बोझिल स्वर में कहा।

"यह मेरा मोबाइल नम्बर है। आने से पहले मुझे फोन ज़रूर कर देना।" विजय ने अपना नम्बर देते हुए कहा।

"ठीक है।"

दोनों दोस्तों न चाय पी। सुधीर ख़ुशी–ख़ुशी विजय की बात का यक़ीन करके घर लौट गया और अपनी परीक्षा की तैयारी में लग गया। कुछ दिन में सुधीर की परीक्षाएँ भी समाप्त हो गईं। उधर पंचायत का समय भी क़रीब आ पहुंचा था। पंचायत से एक दिन पूर्व सुधीर ने विजय को फोन मिलाया–

"हैल्लो विजय। मैं सुधीर बोल रहा हूँ।"

"कैसे हो सुधीर परीक्षाएँ ख़त्म हो गईं।" दूसरी ओर से स्वर उभरा।

"हाँ भाई परीक्षाएँ तो ख़त्म हो गईं। अभी ज़िन्दगी की असली परीक्षा बाक़ी है। जिसमें मुझे आपके साथ की आवश्यकता है।" सुधीर ने बताया।

"मैंने कब मना किया है। तुम आज ही शाम को आ जाओ, बैठकर तुम्हारी ज़िन्दगी की मुख्य परीक्षा की तैयारी करवाता हूँ।"

“ठीक है, मैं शाम को आ रहा हूँ। शाम को कहाँ मिलोगे?” सुधीर ने पूछा।

“मैं उसी चाय की दुकान पर आपका इन्तज़ार करूँगा, जिस पर हम दोनों ने चाय पी थी। ठीक है, मैं शाम को आ रहा हूँ।”

कहकर सुधीर ने फोन काट दिया। सुधीर शाम होने का बड़ी बेताबी से इन्तज़ार कर रहा था। जूँ-जूँ करके शाम का समय आया, सुधीर इस आशा के साथ अपने दोस्त विजय के पास पहुँच गया, कि आज मुझे अपनी भाभी से छुटकारा किस तरह मिल सकता है। यही सोचकर वह विजय के पास पहुँच गया। विजय सुधीर को चाय वाले की दुकान पर इन्तज़ार में पहले ही बैठा मौजूद मिला।

“आओ सुधीर मैं तुम्हारा ही इन्तज़ार कर रहा था। चलो अन्दर एक दुकान में बैठकर बात करते हैं।” विजय ने कहा।

दोनों चाय की दुकान में बैठ जाकर बैठ गए। विजय ने पूछा–

“सुधीर यह बताओ तुम्हारी भाभी के पिता पैसे वाले हैं।”

“नहीं, वह तो मज़दूर लोग हैं।” सुधीर ने बताया।

“बस बन गया काम।” वह चुटकी बजाकर बोला।

“मैं तुम्हारे कहने का मतलब नहीं समझा, इस झगड़े में पैसा कहां से आ गया।” सुधीर चौंका।

“सुधीर तुम बेवकूफ़ हो। अरे जिसके पास पैसा होगा वही, तो मुक़दमेबाज़ी करेगा। वह इस समय ज़रूर मुक़दमेबाज़ी से परेशान होंगे। कचहरी में हर पग पर पैसा खर्च होता है। ग़रीब आदमी मुक़दमेबाज़ी करेगा या अपने बच्चों का पालन–पोषण करेगा।” विजय ने कहा।

“सुधीर तुम्हारी भाभी के और बहन भाई हैं।” कुछ देर खामोश रहकर विजय ने पूछा।

“हाँ एक और बहन है, जो स्यानी है तथा उससे बड़ा भाई है। वह भी शादी लायक़ है।”

“अब तुम मेरे बताए रास्ते से चलोगे तो बच सकते हो, वरना तुम गाँव की निगाह में गिर ही चुके हो, कुछ दिन बाद ख़ुद अपनी भी निगाह से गिर जाओगे। तुम्हें अगर दुनिया में शान से जीना है, जो कुछ हुआ है उसे भूल जाओ, वह एक हादसा था, अब तुम्हें नई ज़िन्दगी की शुरुआत करनी है वह भी जैसे में बताऊँ।” विजय ने समझाया।

“विजय बताओ मुझे क्या करना होगा।” सुधीर याचना भरे स्वर में बोला।

“कल तुम्हारे गाँव में पंचायत है। उसमें तुम्हें ग्राम पंचायत का सरपंच तुम्हारे ख़िलाफ निर्णय सुनाएगा, इससे पहले जो निर्णय सुनाएगा, वह मैं तुम्हें बताता हूँ क्या सुनाएगा।”

“क्या सुनाएगा अपना फैसला?” सुधीर ने उत्सुकता से पूछा।

“सरपंच कहेगा, कि शशि के साथ तुमने पत्नी जैसा रिश्ता बनाया है, अब तुम शशि को अपनी पत्नी स्वीकार कर लो।” विजय ने कहा–”तुम्हें सरपंच की बात का पालन करते हुए शशि को अपनी पत्नी स्वीकार करना होगा।”

“यह तो कोई नई बात नहीं हुई । इस बात का तो मुझे भी आभास है।” सुधीर बिगड़कर बोला।

“अरे पगले किसी को पत्नी कहने से कोई पत्नी को दर्जा थोड़े ही मिल जाता है। जब तक दोनों पति–पत्नी के रूप में न माने पति–पत्नी नहीं होते।” विजय बोला।

“फिर क्या करूँ? तुम शशि को पत्नी मानकर सरपंच का आदेश मानोगे। इससे तुम गाँव में खोया हुआ सम्मान पालोगे। इसके बाद कुछ दिन गाँव में रहना, जब तक जो मुक़दमे अदालतों में चल रहे हैं, वह ख़त्म नहीं हो जाते। मुक़दमें एक दो माह में ख़त्म हो जाएँगे। उसके बाद गाँव छोड़कर शहर में आकर रहना।” विजय ने सलाह दी।

“मैं शहर में कैसे रहुँगा।” सुधीर ने चौंकने वाले अंदाज में पूछा।

“शहर में रहने के लिए तुम्हें अपने पिता को राज़ी करना होगा, वह जंगल की ज़मीन बेचकर शहर में कारोबार करें, ताकि हम अच्छी ज़िन्दगी जी सकें। शहर में शशि को साथ रखना, लेकिन पत्नी की हैसियत से नहीं केवल नौकरानी की तरह उसके साथ बर्ताव रखना। वह इस ज़िन्दगी से ख़ुद ही परेशान हो जाएगी। वह चाहकर भी अपने पिता के घर नहीं जाएगी, क्योंकि उसका पिता मुक़दमेबाज़ी से पैसे–पैसे से परेशान हो चुका होगा। रोज़ घर में झगड़ा रहता होगा। रही सुधीर तेरी शादी की, वह मुझ पर छोड़, देख मैं तरी शादी एक ख़ूबसूरत लड़की से कराता हूँ। लड़की भी ऐसी जिसे देखकर तेरा मन ख़ुश हो।” वह चुटकी बजाते हुए बोला।

“ठीक है ना। अब गाँव जा और जैसे मैंने कहा है, वैसा ही कर।”

“ठीक है भाई, तुम्हारी बात मेरी समझ में आ गई, मैं वैसा ही करूँगा, जैसा आप चाहते हैं।”

सुधीर सहमति में गर्दन हिलाते हुए बोला।

"सुधीर अगर तूने मेरी बात पर अमल किया, तो सारा काम ठीक हो जाएगा। अच्छा अब गाँव जा, उसको बाद में तय करेंगे, ठीक है, जयराम जी की।"

इसके बाद सुधीर गाँव चला आया।

दूसरी तरफ शशि अपने घर में बैठी सोच रही थी। पिता शशि की मुक़दमेबाज़ी से परेशान था। इस मुक़दमेबाज़ी के कारण घर ख़र्च में तंगी आ रही थी। शशि का भाई शशि पर गुस्सा करता हुआ बोला–

"शशि ने हमारे घर का सर्वनाश कर दिया है। इसके कारण हम खाने कमाने के नहीं रहे। समाज में हमारी इज़्ज़त थी, वह ख़त्म हो चुकी है। पिता जी हमें शशि के मुक़दमें से छुटकारा चाहिए। शशि अगर कुछ दिन हमारे घर और रही, तो हमारे हाथ में भीख का कटोरा आ जाएगा।"

"ठीक कह रहा है बेटा। शशि को पैदा करके हमने एक अज़ाब मोल ले लिया है। अगर मुझे पता होता, तो इसका होते ही गला घोंट देता। शशि कान खोलकर सुन ले। कल पंचायत है, मुझे उम्मीद है, पंचायत का फैसला तेरे ही हक़ में होना है। तुझे सुधीर की पत्नी बनकर अपना जीवन जीना होगा। मैं यहीं तक तेरा साथ दे सकता हूँ। आगे नहीं, क्यों अगर मैं तेरे झगड़ों में ही पड़ा रहा, तो मैं एक भी ज़िम्मेदारी से नहीं निपट सकता। इस फैसले के बाद तू मुझसे मर गई, मैं तेरे किसी भी दुख–सुख में तेरा साथ नहीं दूँगा। सारी ग़लती आदमी की नहीं होती, कुछ ग़लती तेरी भी रही होगी। अब मुझे आगे का सफर ख़ुद तय करना है। मैं इस पचायत के बाद तुझसे से मिलने तक नहीं आऊँगा।" पिता ने अपना फैसला सुना दिया।

"ठीक है पिता जी, जो होगा भाग्य में देखा जाएगा। मैंने तो अपना भाग्य पहले ही अपनी ससुराल के हवाले कर दिया था। परन्तु भगवान को यह राज़ खुलवाना था, जो ख़ुल गया। मैं तो इस तरह भी अपनी ज़िन्दगी काट रही थी, आगे की भी जिस तरह भाग्य में होगी काटूँगी। लेकिन यह मेरा आपसे वादा है मे। दोबारा आपकी चौखट पर नहीं आऊँगी।" शशि की आंखों में आंसुओं की बूंदे झिलमिलाने लगीं।

"मैं भी यही चाहता हूँ। लड़की के लिए शादी के बाद उसका घर ससुराल होता है। वहीं

रहकर अपना जीवन व्यतीत करना लड़की का धर्म है।" पिता ने स्पष्ट स्वर में कहा।

"ठीक कहा पिता जी, लेकिन किस ससुराल की बात कर रहे हैं, जिसके पल्ले आपने मुझे बांधा, वही इस लायक नहीं था, जो पति धर्म निभाए। मैंने तो पत्नी धर्म निभाने की पूरी कोशिश की, परन्तु सब व्यर्थ गई। आख़िर में मुझे ही क़सूरवार ठहराकर मुझे मुल्ज़िम बना दिया गया, मेरी ही आबरू लूटी और मैं ही चोर कहलाई गई। यहाँ का यही क़ानून है। क्यों क़ानून मर्द बनाता है तथा उसे अपने सुविधानुसार ही उसे लागू करता है। औरत का क्या वह तो एक भैंस समान है। जब उसने दूध दिया उसे खूँटे पर बाँधे रखा, जहाँ उसने दूध देना बन्द किया, वहीं क़साई के हवाले कर दिया जाता है। यही हालत हम जैसी अबला नारी की है। मर्द जब चाहे जैसा चाहे, उसका इस्तेमाल करे, जब उसकी तबियत भर जाए, तो उस औरत पर कोई भी इल्ज़ाम लगाकर उसे अपनी ज़िन्दगी से बेदख़ल कर दे। यही होता आया है, आज तक, कभी अबला नारी को इन्साफ़ नहीं मिला और ना ही आगे भी मिलेगा। मैं इन रोज़-रोज़ के झगड़ों से तंग आ चुकी हूँ। मैं भी चाहती हूँ, खुली हवा में साँस ले सकूँ।" शशि ने रोते हुए कहा।

"तू बहुत ज़बान चलाना सीख गई है। तेरी ज़बान की वजह से यह नौबत आज यहाँ तक आ पहुँची है। अब अपनी ज़बान बन्द रख, कल तेरी क़िस्मत का फैसला हो जाएगा। फिर तू जान और तेरा काम जाने।" पिता ने आवेश में भरकर कहा।

"पिता जी मुझे पता है, मेरी क़िस्मत का क्या फैसला होगा। मैं आने वाले समय के तूफान को समझ रही हूँ। मैं उसके लिए पूरी तरह हूँ, यह लड़ाई मुझे अकेले ही लड़नी होगी। पिता जी जो कुछ हुआ सो हुआ, मैं आपको यक़ीन दिलाती हूँ, आगे अपनी परेशानी के बारे में आपको नहीं बताऊँगी।" शशि ने आंखों से बहते आंसुओं को साफ करते हुए कहा।

"अगर शशि इस बात को फैसला तू पहले ही कर लेती, तो हमें इतनी परेशानी न उठानी पड़ती, खैर तुझे जल्द ही अक्ल आ गई। अब सवेरे गाँव में पंचायत है उसमें जाना है अब आराम करो।" पिता ने कहा।

"ठीक है पिता जी।" कहकर शशि वहां चली गई, और कमरे में आकर यह सोचने लगी– 'भगवान तूने मुझे औरत का जन्म क्यों दिया, सारी परेशानी उठाने के लिए औरत ही है। शशि इसी बात को सोचते सोचते सो गई।'

सुबह सवेरे उठकर फिर वही ख़्याल सामने था, कि आज तेरी क़िस्मत का फैसला होना है। अब मरदों की पंचायत को भी देखो, यह क्या फैसला देती है। शशि के पिता जी भी सवेरे उठकर गाँव जाने के लिए तैयार हो गये। दोनों साथ-साथ सुधीर के गाँव पहुँचते हैं। गाँव में पंचायत की तैयारी ज़ोरों पर है। हर आदमी पंचायत का फैसला सुनने के लिए उत्साहित था।"

थोड़ी देर में गाँव के चौपाल पर पंच भी आ पहुंचे। सब लोग दरी पर बैठ गए। सरपंच व पंचायत के सदस्य अपना-अपना आसन ग्रहण करने लगे। सुधीर व उसका पिता भी पंचायत में पहुंच गए, वह दोनों मुल्ज़िमों की तरह पंचों के सामने हाथ जोड़कर खड़े हुए थे। उधर शशि भी अपने पिता के साथ पंचायत के सम्मुख खड़ी पंचों के फैसले का इन्तज़ार कर रहती थी। पंचायत में बैठे लोग शशि की हिमायत में बोल रहे थे। लोग पंचायत में सुधीर के विरुद्ध माँग करते हुए, फैसले की माँग करने लगे। सुधीर के विरुद्ध चारों ओर से आवाजे.उठने लगीं। जो इस प्रकार थीं-

"आपको इसकी सज़ा अवश्य मिलेगी।"

तभी पंचायत में शोर होने लगा-'इसे पुलिस के हवाले करो, इसने एक अबला की ज़िन्दगी से खिलवाड़ किया है। यह हमारे गाँव में रहने लायक़ नहीं है, इसे गाँव से निकालो, ऐसे लोगों को पनाह देना समाज और क़ानून को भागीदार बनाना है।'

"शान्त हो जाओ। हर समस्या का समाधान पुलिस और क़ानून के पास नहीं है। पुलिस इसे पकड़ कर जेल में डाल देगी और कुछ साल जेल काटने के बाद यह बाहर आ जायेगा, आप लोग अपने दिल पर हाथ रखकर सोचो, इसे पुलिस में पकड़वाने से शशि को इन्साफ मिल जायेगा, उसके इस कृत्य की पूर्ति हो सकेगी।" सरपंच ने तेज स्वर में कहा।

भीड़ शान्त हो गई और सरपंच की तरफ देखने लगी। फिर सरपंच ने कहा-

'यह अपराधी केवल शशि का है। हम वही सज़ा देंगे, जिससे शशि को इंसाफ मिले। हाँ तो सुधीर आपने अपने गुनाह को स्वीकार कर लिया है, अब आपको सज़ा के लिए भी तैयार हो जाना चाहिए।"

"सरपंच व पंचायत सुधीर के बयान के बाद इस नतीजे पर पहुँची, कि सुधीर शशि का अपराधी है। इसलिए यह पंचायत सुधीर को आदेश देती है, कि वह शशि को अपनी पत्नी के

रूप में स्वीकार कर उसे एक अच्छा जीवन दे। शशि की पुत्री आज से सुधीर की पुत्री कहलायेगी। पंचों यह फैसला आपको मंजूर है।"

"हाँ हमें मंजूर है।" सुधीर ने गाँव के सामने यह फैसला स्वीकार करते हंए कहा-"मैं भी सरपंच व गाँव के फैसले के आगे अपना शीश झुकाता हूँ और शशि को अपनी पत्नी और उसकी बच्ची को अपनी पुत्री स्वीकार करता हूँ।"

भीड़ इस फैसले से सन्तुष्ट हो गई। सुधीर द्वारा शशि को अपनाने के फैसले के बाद गाँव के लोग शान्त हो गये। जो लोग सुधीर को सज़ा देने की बात कर रहे थे, वह सुधीर के निर्णय के बाद सुधीर की तारीफ करते हुए बोले-

"वाक़ई सुधीर ने अपनी ग़लती का अहसास करते हुए सही निर्णय लिया है। हम सुधीर को आज के बाद इज़्ज़्त से देखेंगे।"

पंचायत में शशि भी खुश हो गई, शशि ने पंचायत का आभार व्यक्त किया। शशि के पिता भी खुश होते हुए बोले-"पंचायत को फैसला मेरी उम्मीदों से बढ़कर है। मैं फैसले के आगे अपना शीश झुकाता हूँ।" सुधीर ने शशि का हाथ अपने हाथ में लिया और अपने घर की तरफ चल दिया। सब लोग अपने घरों को लौट गये। शशि का पिता भी दोनों को साथ जाता देख मन ही मन खुश था, कि भगवान ने आज मुझे इस मुसीबत से निजात दी, अब मैं अपने परिवार की तरफ देख सकूँगा।

सुधीर व शशि घर आ आ गए। सुधीर शशि से बोला-

"शशि मैंने आज सरपंचों की बात रखकर तुम्हें अपनी पत्नी स्वीकार किया है।"

"मैं इस धैर्य के लिए आपकी आभारी हूँ, कि तुमने पूरे समाज में अपनी पत्नी और बच्ची को पिता क दर्जा देकर मुझ पर अहसान किया है। मैं आपका अहसान कभी नहीं भूलूँगी।" शशि भर्राए स्वर में बोली-

"शशि मैंने तुम्हें समाज के सामने अपनी पत्नी माना है। दिल से नहीं। पति-पत्नी का रिश्ता दिल से होता है। मेरा दिल तुम्हें अपनी पत्नी मानने को तैयार नहीं।" सुधीर ने अपने मन की बात बताई।

"कोई बात नहीं, मुझे अपनी चिन्ता न पहले थी और न आज है, लेकिन तुमने लड़की को

अपना नाम देकर उसे नई ज़िन्दगी दे दी, मैं इसी में ख़ुश हूँ। मुझे आपसे कुछ नहीं चाहिए, तुम्हारे झूठे टुकड़े खाकर गुज़ारा कर लूँगी।"

"ठीक है, मैं तुम्हें पत्नी का दर्जा तो नहीं दे सकूँगा, हाँ एक नौकरानी बनाकर अपने घर स्थान दूँगा।" सुधीर ने स्पष्ट शब्दों में कहा।

"मुझे आपकी नौकरानी बनकर भी सुकून नसीब होगा।" वह सिर झुकाकर बोली।

"ठीक है, अब खाना बनाने की तैयारी करो।" सुधीर ने आदेश दिया।

सुधीर शशि को घर में छोड़कर अपने पिता के पास आकर बैठ गया। पिता सुधीर की तरफ देखकर बोले–"बेटा! मैं तुम्हारे इस निर्णय से बहुत ख़ुश हूँ, तुमने यह निर्णय लेकर मुझे गाँव में होने वाली बेइज़्ज़ती से बचा लिया। तुमने वक़्त की नज़ाकत को देखते हुए सही निर्णय लिया। अब जो कुछ होना था, हो गया, अब अपना गृहस्थ जीवन व्यतीत करो। मेरी शुभकामनाएँ तुम्हारे साथ हैं।"

"नहीं पिताजी ऐसा नहीं, जो तुम सोच बैठे। शशि मेरी पत्नी न पहले थी, और न आज है। मैंने आपको और अपने को बचाने के लिए ऐसा निर्णय लिया है। अब आपको मेरी बात माननी पड़ेगी।" सुधीर तीव्रता से बोला।

"बेटा। अब क्या बात मानूँ। सब कुछ तो हो चुका।" पिता ने चौंकने वाले अंदाज में पूछा।

"पिता जी, हम अब इस गाँव में नहीं रहेंगे। हमें यह गाँव जल्द से जल्द छोड़ना होगा।" सुधीर ने बताया।

"फिर हम कहाँ जाएँगे।" पिता ने आश्चर्य से पूछा।

"हमें गाँव छोड़कर शहर में रहना होगा।" सुधीर बोला।

"इस खेती का क्या होगा।" पिता ने हैरानी से कहा।

"हम गाँव की ज़मीन व घर बेचकर शहर में कोई कारोबार करके अपनी ज़िन्दगी गुज़ारेंगे। यह तो सम्भव नहीं है।"

"इन्सान केवल इसलिए जीता है, उसके सम्मान को ठेस न पहुँचे। गाँव में हमें सम्मान नहीं मिलेगा, शहर में कोई किसी को नहीं जानता। इसलिए हमें हर हाल में शहर जाना होगा।"

लेकिन बेटे शहर में कैसे जियेंगे।" पिता ने आश्चर्य में भरकर कहा।

"यह सब आप मुझ पर छोड़िये। मेरा एक दोस्त है, वही हमारी शहर में मदद करेगा?"

"बेटा मुझे सोचने का कुछ समय दे, ताकि कोई निर्णय लिया जा सके। इतनी जल्दी गाँव छोड़कर जाना ठीक नहीं है, लोग हमारे बारे में कैसी-कैसी बात सोचेंगे।" पिता विवश होकर बोला।

"ठीक है पिता जी, आप गाँव के बारे में सोचो, मैं शहर जाकर अपनी ज़िन्दगी के बारे में सोचता हूँ।"

"बेटा, तेरे अलावा एक तेरा बड़ा भाई भी है, उसका क्या होगा? वह तो इस लायक़ भी नहीं है, कुछ कर सके।"

"पिता जी आज जो कुछ हुआ है, उसी के कारण हुआ है, अगर यह किसी के क़ाबिल होता तो हमें यह दिन देखने नहीं पड़ते। मुझसे जो भूल मेरी माँ ने कराई है, उसका यह प्रायश्चित केवल इसी को भोगना पड़ेगा।" सुधीर ने घृणा के साथ कहा।

"बेटा, वह कैसे भोगेगा?" पिता ने हैरानी से उसकी ओर देखा।

"इसी गाँव में रहकर। मैं और तुम गाँव की ज़मीन बेचकर केवल इसके लिए यह रहने का मकान छोड़कर जा रहे हैं, जिससे यह गाँव में रहकर अपने पापों को प्रायश्चित कर सके। इसके द्वारा पाप की छाया हमारे ऊपर न पड़े। बेटा इसमें पाप की छाया तो तुम साथ शशि के रूप में ले जा रहे हो।" पिता ने बताया।

"मैंने इसका भी इन्तज़ाम कर लिया है।" सुधीर सोचते हुए बोला।

"वह क्या इन्तज़ाम है, ज़रा हमें भी बताओ। पिताजी मैं सारी बातें नहीं बताना चाहता, कुछ बातें पर्दे में रहे तो अच्छा है। जिनका पता केवल समय आने पर चले, तो उसका आनन्द कुछ और आता है।" सुधीर मुस्कुराया।

"ठीक है, लेकिन बेटा इस समय तुम प्रायश्चित की आग में जल रहे हो। यह ऐसी आग है, जो स्वंय को जलाती है। मैं आने वाले तूफान को भाँप रहा हूँ, जिसमें तुम जल कर राख हो जाओगे।"

"पिता जी। इस तरह ज़िल्लित की ज़िन्दगी से बेहतर है, कि मैं अपने मन की ज्वाला शान्त करके मरूँ।" वह बोला।

"बेटा! जिसको तुम शान्त करना कह रहे हो। वह शान्त नहीं दिखाई दे रहा, बढ़ रहा है, सब जब शान्त होगा न जाने कितनी बड़ी तबाही लेकर शान्त होगा। इसलिए मेरी मानो, इस गुस्से को यहीं शान्त कर दो। जो हमारे कुल के लिए अच्छा रहेगा।" पिता ने समझाने की कोशिश की।

"पिता जी मैं बच्चा नहीं हूँ, जो तुम्हारी बातों में आकर शशि को अपनी पत्नी स्वीकार कर लूँ। यह ज़माने की निगाह में पत्नी का दर्जा ज़रूर पा चुकी है परन्तु मेरी निगाह में यह केवल एक वैश्या है।" सुधीर का स्वर नफरत से परिपूर्ण था।

"बेटा! शशि पर इतना बड़ा इल्ज़ाम न लगाओ, उसने यह कार्य अपनी मर्ज़ी से नहीं किया है, तुमने ही उसकी ज़िन्दगी बर्बाद की है। वह तुम्हारे ही कारण आज दर-दर की ठोकरें खाने पर मजबूर है।" पिता ने नम्रतापूर्वक समझाया।

"पिता जी, अभी क्या मजबूर है, मजबूर तो वो आगे होगी, जब यह पत्नी के रहते हुए, पत्नी नहीं एक नर्क का जीवन जीने पर मजबूर होगी और मैं इसकी बार्बादी का हाल अपनी आँखों से देखूँगा।" सुधीर दूर की सोचते हुए बोला।

"बेटा मैं तुमसे बहस नहीं करना चाहता और ना ही तुम्हारे पाप का भागीदार बनना चाहता, जंगल की ज़मीन तुम्हारी है, तुम रखो या बेचो मुझे कोई आपत्ति नहीं है। मैं गाँव में ही रहूँगा। मैं तुम्हारी ज़मीन का एक इंच हिस्सा नहीं लूँगा। मैं गाँव में बच्चों को पढ़ाकर अपना पेट भरूँगा।"

"वैसे अगर आप भी मेरे साथ शहर चलते तो अच्छा था।" सुधीर कुछ क्षण खामोश रहकर बोला।

"मैं तेरी बर्बादी अपनी आँखों से नहीं देखना चाहता। तुम इस समय मुझसे ईर्ष्या ही रचा रहे हो। एक समय आयेगा, कि तुम ही गर्व से कहोगे, सुधीर मेरा अच्छा बेटा है।" उसने मन-ही-मन गर्वित होकर कहा।

"बेटा यह समय तेरी ज़िन्दगी में कभी नहीं आएगा। क्योंकि किसी भी इमारत की बुनियाद ईर्ष्या व जलन पर नही रखी जाती, तुमने शहर जाने का निर्णय ईर्ष्या पर लिया है। इस कारण तुम कभी भी अपने मक़सद में कामयाब नहीं हो सकते। वैसे मेरी भगवान से यही प्रार्थना है, कि तुम जहाँ रहो खुश रहो।" पिता ने विवशता भरे स्वर में कहा।

"ठीक है पिता जी, आप मुझे आशीर्वाद दें, मैं शहर जा रहा हूँ।" वह उनके पैरों पर झुकते

हुए बोला।

"बेटा। मेरा आशीर्वाद सदा तुम्हारे साथ है। ईश्वर तुम्हें सद्बुद्धि दे।" पिता ने बोझिल स्वर में कहा।

"सुधीर ने कुछ घण्टों बाद शहर की ओर प्रस्थान किया। थोड़े सफर के बाद वह अपने दोस्त विजय के पास पहुंच गया। विजय ने सुधीर को देख मुस्कराते हुए पूछा-

"क्या हुआ। मेरे बताए रास्ते पर चल कर काम कर लिया।"

"हाँ दोस्त, गाँव की इस मुसीबत से तो निकल गया। अब बता मुझे क्या करना होगा।" सुधीर ने पूछा।

"शहर में एक दुकान किराये पर लो और धंधा पानी शुरु करो।" विजय ने सलाह दी।

"विजय मैंने आज तक कोई कार्य नहीं किया है, मुझे किसी काम का अनुभव नहीं है, मैं क्या करूँ।" सुधीर परेशान होकर बोला।

"अरे। कोई व्यक्ति अपनी माँ के पेट से कोई काम नहीं सीखता, सब संसार में सीखता है। मेरी राय में एक परचून की दुकान खोल ले। जिससे तेरा काम चल सके। इसमें किसी अनुभव की आवश्यकता नहीं है।" वह बोला।

"ठीक है दोस्त। दुकान दिखलाओ, ताकि मैं पैसों का इन्तज़ाम करके शहर में दुकान खोलकर रहना शुरु करूँ।" सुधीर सोचने वाली मुद्रा में बोला।

"ठीक है अभी चलते हैं।"

कुछ देर बाद दोनों साथ-साथ मौहल्ले की ओर चल दिये, कई दुकाने देखीं, रहने के लिए घर देखे, एक दुकान जिसके साथ एक मकान देखा, जो सुधीर को पसन्द आ गया। सुधीर ने उसकी क़ीमत पूछी, मकान मालिक ने दस लाख बताए। उसने मकान मालिक से कहा कि हम आठ दिन बाद आएँगे। तभी इसको लेंगे, ठीक है।

इतना कहकर सुधीर ख़ुशी-ख़ुशी अपने गाँव लौट गया। गाँव आकर अपनी खेती की ज़मीन के ग्राहक लगाना आरम्भ कर दिया। गाँव के लोगों ने उसकी ज़मीन पच्चीस लाख में ख़रीद ली। फिर सुधीर ने शहर आकर मकान ख़रीद लिया और परचून की दुकान शुरु कर दी। शशि भी उसके साथ शहर में आकर रहने लगी।

सुधीर की दुकान ठीक प्रकार से चलने लगी थी। सुधीर अपने दोस्त से बोला–"विजय मैं अपने कारोबार से ख़ुश हूँ। मैं चाहता हूँ, कोई ख़ूबसूरत सी लड़की अगर मिल जाए, तो मैं उससे शादी करके अपनी ज़िन्दगी को ख़ुशनुमा बना लूँ।" सुधीर ने अपने मन की बात बताई।

"ठीक है दोस्त! शादी कोई बड़ी बात नहीं, पर तेरी शादी में शशि रोक लगाएगी।" विजय ने कहा।

"शशि, अरे शशि से आज तक मैंने पति पत्नी का कोई रिश्ता ही नहीं बनाया है, वह क्या रोक लगायेगी, उसे जिस दिन चाहूँगा घर से निकाल दूँगा।" वह बोला।

"नहीं दोस्त ऐसा मत कर। उसे ऐसे ही रहने दे, वह तेरे घर का सारा काम करती है। शादी के बाद शहर की लड़कियाँ घर का काम नहीं करती, काम करने के लिए एक नौकरानी की ज़रुरत होती है। तू दूसरी नौकरानी को भी घर में रखेगा। इससे बेहतर शशि ही तेरे घर का काम कर देगी।"

"लेकिन एक शर्त है।" सुधीर बोला।

"वह क्या शर्त है।" विजय चौंका।

"तुझे किसी के सामने इसे मेरी पत्नी नहीं कहना होगा।" सुधीर ने कहा।

"सुधीर अगर शशि ने किसी को बताया तब क्या होगा।" विजय ने शंका प्रकट की।

"यह भी काम मुझ पर छोड़। मैं इसका वो हाल करूँगा, यह इस लायक़ नहीं रहेगी, जो कुछ बोल सके।" सुधीर के होंठों पर कटाक्ष मुस्कान थी।

"नहीं दोस्त ऐसा मत करना, औरत पर हाथ उठाना ठीक नहीं, उसे ऐसे ही समझ लेना।" विजय ने समझाया।

"ठीक है, मैं पहले इसे ऐसे ही समझता हूँ, अगर बाज़ नहीं आई, तो इसे घर से निकाल दूँगा। तू सिर्फ मेरे लिए लड़की की तलाश कर।" सुधीर ने आदेशात्मक स्वर में कहा।

"ठीक है दोस्त! मैं आज ही तलाश शुरु करता हूँ।" विजय ने तसल्ली दी।

उसके बाद सुधीर शशि के पास पहुंचा और बोला–

"शशि मैं अपनी शादी करना चाहता हूँ।"

"कर लो, मुझे कोई आपत्ति नहीं है। मुझे तो सिर्फ अपने तथा अपनी बच्ची के लिए दो वक्त

की रोटी चाहिए। मैं आपकी शादी में कोई रोड़ा नहीं बनूँगी।" शशि ने सहमत होते हुए कहा।

शशि की बात सुनकर सुधीर निश्चित हो गया। विजय, सुधीर के लिए लड़की तलाश करने लगा। जल्दी ही एक लड़की उसे मिल गई। जो स्कूल में शिक्षक थी। खूबसूरत थी परन्तु उसके साथ कोई नहीं था। वह किराये के मकान में अकेली रहती थी। विजय ने सोचा, सुधीर के लिए यह लड़की उचित रहेगी, क्योंकि सुधीर भी अपने पिता से अलग रहता है, यह भी अलग रहती है। दोनों की जोड़ी ठीक रहेगी। सोचकर विजय ने लड़की के घर जाने का निश्चय कर लिया। वह उसके घर पहुंचकर बोला–

"मैडम मैं आपसे कुछ बात करना चाहत हूँ।"

"कहिए! क्या कहना चाहते हैं।" लड़की ने आश्चर्य से पलकें झपकाते हुए पूछा।

"सारी बात दरवाजे.पर ही पूछोगी, या घर में भी आने दोगी।" विजय मुस्कुराकर बोला।

"देखिये मैं घर में अकली रहती हूँ। इसलिए मैं आपको घर में आने की इजाज़त नहीं दे सकती, जो कुछ कहना है, यहीं से कहिये। मैं सुन रही हूँ।" उसने स्पष्ट स्वर में कहा।

"मैडम मुझे आपके रिश्ते के बारे में बात करनी है।"

"मुझे आप जानते हो।" उसने आश्चर्य से पूछा।

"नहीं मैडम।"

"फिर आपने कैसे अन्दाज़ा लगाया, कि मुझे शादी करनी है।" वह घूरकर बोली।

"मैडम आप अकेले रहती हैं। इसलिए मैंने सोचा कि शायद आपको अच्छा रिश्ता न मिला हो। इसलिए शादी नहीं की हो।"

"ठीक है। तुम आदमी दिलचस्प मालूम होते हो, और दिल के साफ हो। इसलिए मैं आपसे ज़रुर बात करूँगी, लेकिन यहाँ नही, किसी रेस्टोरेंट में।" लड़की ने सोचने वाली मुद्रा में कहा।

"ठीक है मैडम! मुझे कोई आपत्ति नहीं है। केवल आप मुझे समय दें।" विजय ने तीव्रता के साथ पूछा।

"ठीक है, कल शाम 5 बजे आप मुझे सड़क के चौराहे पर मिलना, फिर दोनों साथ चलकर किसी रेस्टोरेंट में.बैठकर बात करते हैं।" लड़की ने बताया।

"ठीक है मैडम। मैं कल आपका इन्तज़ार करूँगा। अब मैं चलता हूँ।" कहकर विजय वहां

से चला गया।

उसके जाने के बाद मैडम सोच रही थी कि अजीब आदमी है, बिना सोचे समझे रिश्ते की बात कर बैठा। शायद यह मेरी ख़ूबसूरती पर फिदा हो गया है। इसे क्या पता मुझे तो केवल पैसे वाले लोग पसन्द हैं, जब तक उनकी जेब में पैसा है, मैं उनकी हूँ। पैसा ख़त्म बात ख़त्म। चलो अच्छा हुआ, बिना फंसाए मुर्गा फंसा, कल देखते हैं, क्या करना है।

दूसरी तरफ विजय ने यह ख़ुशख़बरी अपने दोस्त सुधीर को सुनाई।

"सुधीर मैंने तेरे लिए एक लड़की तलाश कर ली है। बड़ी ख़ूबसूरत है, उसने कल पाँच बजे का समय दिया है, किसी रेस्टोरेन्ट में मिलने का। कल तुझे मेरे साथ चलना होगा। ठीक है दोस्त! मैं भी देखता हूँ, तूने मेरे लिए कैसी लड़की तलाश की है।" सुधीर खुशी से उछल पड़ा।

"सुधीर देखोगे तो देखते रह जाओगे।" विजय ने प्रशंसा की।

"ठीक है, कल पाँच बजे साथ चलना, जी भरकर देखना और बात करना। अगर पसन्द आजाए, तो रिश्ते की बात करेंगे।"

"ठीक है, मैं कल पाँच बजे तेरे साथ चलूँगा।"

सुधीर मैडम की ख़ूबसूरती का बख़ान सुनकर मन ही मन में ख़ुश हो रहा था। वह सोच रहा था, कि एक यह शशि है। जिसकी शक्ल-सूरत देखने से ही गंवार मालूम होती है। जिससे बात करने तक को मन नहीं करता। जो ज़बरदस्ती मुझ पर पति होने का दबाव बनाकर मेरी ज़िन्दगी नर्क बनाना चाहती है। ऊपर से मुझे अपनी पुत्री का पिता कहलाने को कहती है। न जाने किसका कलंक मेरे माथे मढ़ना चाहती है। विजय ने जिस लड़की का बख़ान किया है, वह वास्तव में अच्छी होगी। तभी तो विजय उसकी ख़ूबसूरती का बख़ान कर रहा था। मैडम वास्तव में इतनी ख़ूबसूरत है, जो मैं शादी करने में एक पल भी नहीं लगाऊँगा, बशर्ते वह मुझे पसन्द कर ले। कल शाम पाँच बजे तक मैं उसका कैसे इन्तज़ार करूँगा, विजय कम से कम उसकी एक तस्वीर ही ले आता, उसकी तस्वीर को देख मन कुछ शान्त तो हो जाता, खैर कोई बात नहीं, अब मेरे पास उसको देखने के लिए केवल एहसास ही है, जिससे मैं उसे महसूस कर सकता हूँ। भगवान करे मेरे अहसासों की तरह ही ख़ूबसूरत हो। दिल तो चाहता है, पक्षी बनकर उसकी छत पर पहुँच जाऊँ, उसके इन्तज़ार में उसके आँगन में बैठा रहूँ। लेकिन ऐसा सम्भव

नहीं है, इन्हीं ख़्यालों को लिए सुधीर अपने को आनन्दित महसूस कर रहा था।

सुधीर ने इतनी खूबसूरत औरत की कल्पना भी नहीं की थी, कि मेरे भाग्य में ऐसी खूबसूरत औरत आयेगी। विजय से बात करने के बाद सुधीर का मन अपनी दुकानदारी में बिल्कुल नहीं लगा, सुधीर अपना दिल बहलाने के लिए दुकान बन्द कर घूमने निकल गया। सड़क पर जिस ख़ूबसूरत लड़की पर उसकी निगाह पड़ती, वह उसी को मैडम के रूप में समझता, इसी तरह सुधीर रात को बारह बजे तक सड़कों पर मैडम के ख़्यालों में भटकता रहा, उधर शशि सुधीर की प्रतीक्षा में दरवाज़े पर टकटकी लगाए, उसकी राह देख रही थी, वह सोच रही थी, सुधीर आज से पूर्व कभी भी इतनी देर तक घर से बाहर नहीं रहा, न जाने वह कहाँ होगा, कभी सोचती, वह ग़लत लोगों की संगति में न फंस गया हो।

"हे भगवान! सुधीर को सद्बुद्धि दे, वह मेरा ख़्याल भले ही न करे कम से कम अपनी बच्ची का ख़्याल करे, इसे अपने पिता का प्यार मिलता रहे। मेरा क्या है, मैं तो कहीं भी मेहनत मज़दूरी करके अपना समय काट लूँगी। मुझे जब अपने माता-पिता का ही आसरा न मिला, वही मुझे अपने ऊपर बोझ समझने लगे, सुधीर तो बहुत बाद की चीज़ है, मुझे उससे कोई आशा नहीं रखनी चाहिए, फिर भी मैं इसलिए चिन्ता करती हूँ, अभी उसने दुनिया नहीं देखी है, अपने आक्रोश के कारण गाँव छोड़कर शहर आ गया है, उसे शहर की ज़िन्दगी के बारे में कोई ज्ञान नहीं, यहाँ कोई अपना नहीं है। न यहाँ कोई किसी से मौहब्बत करता है, शहर के लोग गाँव के मुक़ाबले ज्यादा मतलबी होते हैं, सुधीर शहर की चकाचौंध में आकर अपना सब कुछ न गंवादे। भगवान तू इसे सद्बुद्धि दे।"

शशि आंगन में बैठी यही सब सोच रही थी, घड़ी में बारह बज चुके थे, अपना अलार्म शान्त ही किया था, सुधीर ने अपने घर में जैसे ही पाँव रखा, शशि अपने गुस्से पर क़ाबू न कर सकी, सुधीर पर गुस्से से चिल्लाते हुए बोली–"यह समय घर में आने का है। यह अन्जान शहर है, तुम्हें कुछ हो जाता तो मैं किसके सहारे अपना व अपनी बच्ची का समय काटती, मेरी चिन्ता भले ही मत करो, कम से कम अपनी बच्ची पर तो ध्यान दो। अगर तुम्हें कुछ हो गया, तो बच्ची का क्या होगा।"

"दिमाग़ ख़राब हो गया है। तुझे ज़रा सा सहारा क्या दिया, मुझ पर पति का अधिकार जमाने

लगी है। अपनी औक़ात में रह, यह मत भूल मैंने केवल तुझे समाज की निगाह में पत्नी माना है, दिल से नहीं, और हां जहाँ तक मेरी बच्ची का प्रश्न है, इसे मेरे ऊपर मत थोप, न जाने किसका पाप मुझ पर थोपना चाहती है।" सुधीर झल्लाकर बोला।

"एक औरत जो अपने पति की नहीं हुई दूसरे मर्द की कैसे हो जाएगी। अगर तुझे मेरे साथ रहना है, तो केवल मेरी नौकरानी बनकर रहना होगा, वरना तेरे लिए मेरे मकान के दरवाज़े बन्द होने में देर नहीं लगेगी। हट रास्ते से अपनी मनहूस सूरत मत दिखा।" कहता हुआ वह अपने कमरे में चला गया, कमरे में जाकर शशि भी सुधीर की बातों को सुनकर एक लम्बी साँस लेते हुए बोली–

"हे भगवान! सुधीर को सद्बुद्धि दे। शहर आकर भटकाव के रास्ते पर जाने की कोशिश कर रहा है।" शशि मायूस होकर दूसरे कमरे में पहुंची और अपनी बच्ची के पास आकर लेट गई। सुधीर की बातों को ध्यान में रखते हुए वह उसी के बारे सोचते हुए सो गई।

सुधीर सवेरे उठकर शशि के पास पहुंचा और अपने नाश्ते के लिए जगाते हुए बोला–

"शशि सुबह हो चुकी है, उठ मेरे लिए चाय बना दे, मुझे दुकान खोलनी है।"

"ठीक है चाय बनाती हूँ।" कहकर शशि उठ गई। शशि सुधीर के लिए चाय बनाने लगी।

सुधीर नहाने के लिए चला गया। कुछ समय बाद सुधीर तैयार होकर अपने कमरे में चला आया। शशि ने कमरे में सुधीर का नाश्ता लगा दिया था। नाश्ता करके थोड़ी देर बाद सुधीर दुकान पर जाने लगा तो शशि से बोला–

"ऐ शशि यह लो पैसे आज के बाद बाज़ार से सब्ज़ी, दूध तुम ही लाया करो। मेरे पास इतना समय नहीं कि मैं बाज़ार जाकर तुम्हारे लिए सब्ज़ी दूध लाऊँ।"

शशि ने पैसे लेकर रख लिए। वह सोच रही थी कि 'चलो अच्छा हुआ इस बहाने बाहर की दुनिया देखने को मौक़ा तो मिलेगा। सुधीर का क्या पता कब घर से निकाल दे, आज मैं सब्ज़ी दूध के बहाने अपने बुरे वक़्त के लिए तो काम तलाश कर लूँगी।'

यही सोचकर शशि ख़ुश थी। कुछ देर बाद शशि घर के लिए सब्ज़ी लाने के लिए सुधीर की दुकान पर गई और बोली–

"मैं बाज़ार से सब्ज़ी लेने जा रही हूँ। यहाँ सब्ज़ी की मार्केट कहाँ है।"

"यहाँ से सड़क पार करके उल्टे हाथ पर सब्जी की मण्डी है।" सुधीर ने इशारे से बताया।

"ठीक है।" कहकर शशि वहां से निकल गई। शशि इससे पूर्व कभी घर से बाहर तक नहीं निकली थी, उसे शहर की सड़के अजीब सी लग रही थीं, वह सुधीर के बताए पते पर जा पहुंची। जहाँ सब्जी ख़रीदने वालों की भीड़ थी, शशि ने भी सब्जी खरीदी, सब्जी ख़रीदते समय उसकी बेटी! जो अब पैरों चलने लगी थी, वह भी साथ थी। शशि ने सब्जी ख़रीद कर जैसे ही मुख्य सड़क पर आई और घर जाने के लिए रिक्शा में बैठ रही थी, तभी उसने देखा कुछ आदमी सड़क की तरफ भागने लगे, शशि ने पूछा–

"क्या बात है।"

शशि को एक व्यक्ति ने बताया कि एक बुढ़िया सब्जी ख़रीदकर सड़क पार कर रही थी, कोई रिक्शे वाला उसे गिराकर भाग गया है। लोग बुढ़िया को देखने भाग रहे हैं। शशि के दिल में दया आई, वह उसी भीड़ में बुढ़िया को देखने पहुँची, बुढ़िया बेहोश पड़ी थी, औरत होने के कारण उसे कोई हाथ लगाने को तैयार नहीं था। शशि ने बुढ़िया को उठाने की कोशिश की और भीड़ से पानी लाने को कहा–एक आदमी गिलास में पानी लाया, शशि ने पानी के छींटे उस बुढ़िया के मुँह पर मारे, जिससे बुढ़िया की आँख खुली–शशि ने बुढ़िया को सहारा देते हुए बैठाया और कहा–

"माँ कहाँ चोट आई है?"

"बेटी मैं ठीक हूँ, रिक्शा वाले की हल्की सी टक्कर लगी, जिससे मुझे चक्कर आ गया था, मैं गिर गई अब ठीक हूँ।" उसने बताया।

"चलो, मैं तुम्हें घर छोड़ दूँ।" शशि ने कहा।

"नहीं बेटी मैं चली जाऊँगी।" बुढ़िया न्रमतापूर्वक बोली।

"नहीं तुम्हारी ऐसी तबियत नहीं है, कि तुम अकेली चल सको, इस समय तुम्हें सहारे की ज़रूरत है, मैं इस हालत में तुम्हें नहीं छोड़ूँगी। तुम्हें मेरे साथ अपने घर चलना होगा।" शशि ने जिद की।

"ठीक है बेटी, अगर तू ज़िद कर रही है, तो चल, मैं तेरे साथ चलने को तैयार हूँ।" बुढ़िया ने कहा।

शशि ने रिक्शे वाले को बुलाया जिससे वे अपने घर जाना चाहती थी, रिक्शे वाले ने बुढ़िया को सहारा दिया, बुढ़िया सहारे से रिक्शे में बैठ गई, शशि ने बुढ़िया को पकड़ा और सब्जी रिक्शा में आगे रखकर चल दी फिर उसने पूछा–"माँ कहाँ जाना है। रिक्शे वाले भाई को बताओ, वह आपको आपके घर तक ले जाएगा।"

बुढ़िया ने रिक्शे वाले को अपने घर का रास्ता बताया, रिक्शा वाला उसके बताए रास्ते पर चलता रहा, कुछ देर बाद बुढ़िया का घर आ गया, शशि ने बुढ़िया को रिक्शे से नीचे उतारा और उसके घर में ले गई। घर में कोई नहीं दिखाई दे रहा था। अकेला घर होने की वजह से उसने बुढ़िया से पूछा–

""माँ जी, तुम्हारे घर में कोई नहीं दिखाई दे रहा कहीं बाहर गये हैं।" शशि ने इधर–उधर नजरे दौड़ाईं।

"नहीं, बेटी मैं इस घर में अकेली रहती हूँ।"

"आपके कोई औलाद नहीं है।" शशि ने हैरानी से पूछा।

"नहीं ऐसी बात नहीं, मेरे दो बेटे हैं, जो इस समय विदेश में हैं। वह साल दो साल में कभी आ जाते हैं। मैं इस घर में अकेली रहती हूँ।"

"आप एक नौकरानी क्यों नहीं रख लेती।"

"बेटी आज का माहौल ख़राब है। किसी पर दया करके रखो, तो वह अगले दिन तुम्हें मारने की सोचता है। इसलिए मैं अकेले रहना पसन्द करती हूँ।" बुढ़िया ने जवाब दिया।

"माँ जी हर आदमी तो एक सा नहीं होता।" शशि ने समझाया।

"ठीक कह रही है, बेटी अभी तूने दुनिया नहीं देखी, तभी ऐसी बात कर रही है। मुझे लगता है, इस शहर में नई आई है।" बुढ़िया ने उसके चेहरे की ओर देखा।

"हाँ माँ जी, मेरा मकान यहाँ से कुछ दूरी पर है मैं वहाँ रहती हूँ।" शशि ने बताया।

"कितने दिन हो गये यहाँ रहते हुए।" बुढ़िया ने अनुमान लगाते हुए पूछा।

"माँ जी क़रीब छः महीने हो गये हैं।"

"ख़ैर कोई बात नहीं, मैं अब ठीक हूँ। तुझे मेरी वजह से परेशानी उठानी पड़ी, अब तू अपने घर जा।"

"माँ इस समय मेरा घर जाना इतना ज़रूरी नहीं है, तुम्हारे पास रहना बहुत ज़रूरी है। पहले मैं आपको चाय बनाकर लाऊँ, ताकि तुम्हें सुकून हो सके।"

"ठीक है बेटी।" बुढ़िया ने सहमति में गर्दन हिलाई।

"तुम्हारा किचन कहाँ है। माँ तुम्हें इस समय काफी चोट लगी है, चोटें गुम होने की वजह से महसूस नहीं हो रही हैं। बेहतर होगा, तुम चाय पीकर लेट जाओ।" शशि ने समझाया।

"ठीक है बेटी! तू एक अन्जान होकर मेरा इतना ख्याल रख रही है, ज़रूरी कोई मेरा तेरा पिछले जन्म का रिश्ता है, तभी तो तू अचानक भीड़ से निकल कर मुझे उठाने पहुँच गई। बेटी तेरा क्या नाम है।" बुढ़िया ने नम्रतापूर्वक पूछा।

"माँ मुझे शशि कहते हैं।"

"तू कहाँ की बेटी है।" बुढ़िया ने अगला प्रश्न किया।

"माँ मेरा गाँव शहर से पचास किलो मीटर दूर है। यहाँ मेरे पति शहर में आ गये हैं, अब मैं यहीं आपके मकान से कुछ फासले पर रहती हूँ।" शशि ने जवाब दिया।

"बेटी, अगर तुझे कोई परेशानी हो, तो अपनी माँ समझकर मुझे बता देना।" उसने स्नेहपूर्वक कहा।

"माँ, मुझे केवल आपके प्यार की आवश्यकता है।" शशि ने अपनी भावनाओं पर काबू पाते हुए कहा।

"बेटी मेरा अशीर्वाद सदा तेरे साथ है।"

"माँ मुझे किचन बताओ कहाँ है।" शशि ने पूछा।

"बेटी इस कमरे के बराबर में ही है। वहीं सब सामान रखा है।" बूढ़िया ने बताया।

"ठीक है, माँ मैं अभी तुम्हारे लिए चाय बनाती हूँ।"

कहकर शशि किचन में पहुँचकर बूढ़ी माँ के लिए चाय बनाने लगी।

उधर बूढ़ी माँ यह सोच रही थी, कि अभी धरती पर इन्सान लोग बसते हैं। अगर ऐसे इन्सान न होते, तो न जाने कब की प्रलय आ गई होती, शशि को देखो अपना काम भूलकर मेरी सेवा में लग गई। भगवान शशि को सुखचैन दे। ऐसी लड़की इस युग में कहाँ मिलती है। बुढ़िया यह सोच ही रही थी, तभी शशि चाय लेकर बूढ़ी माँ के पास आकर बोली–

"माँ मैंने कड़क चाय बनाई है, इसमें कुछ अदरक भी डाल दिया है। इसे पीलो थोड़ा सुकून मिलेगा।"

"सुखी रहो, बेटी, तुम मेरे लिए अन्जान हो, फिर भी तुमने मेरी जो सेवा की है, मैं कभी नहीं भूल सकती।" बुढ़िया ने खुश होकर कहा।

"माँ तुमने मुझे बेटी कहा है, फिर कैसा अहसान, मैंने अपनी माँ समझ कर तुम्हारी सेवा की है। अब तुम आराम करो, मैं समय मिलते ही तुम्हारे पास आऊँगी, घर का कोई और काम हो, मुझे बताओं मैं कर दूँगी।" शशि ने नम्रतापूर्वक कहा।

"बेटी, मुझ बुढ़िया का क्या काम, एक वक़्त रोटी बना ली, दोनों टाइम खा लेती हूँ। आज जी चाहा था, ताज़ी सब्ज़ी लाऊँ, आज ही मेरे साथ यह घटना घट गई। जो भगवान करता है, उसमें कुछ अच्छा ही होता है। न मेरे चोट लगती, ना तू मुझे मिलती, मेरे लिए चोट लाभ का सौदा सिद्ध हुई। भगवान तुझे सुखी रखे।" बुढ़िया ने कृतज्ञता प्रकट की।

"अच्छा माँ मैं चलती हूँ।" कहकर शशि अपनी बच्ची व सब्ज़ी लेकर अपने घर आ जाती है।

सुधीर अपनी दुकान पर बैठा था। शशि को देखकर उसने कुछ नहीं कहा, शशि डर के मारे सीधे घर में दाखिल हुई और दोपहर के खाने की तैयारी शुरु कर दी। इसी बीच दोपहर के दो बज गए। खाना तैयार हो गया। सुधीर अपनी दुकान बन्द करके घर आ गया। शशि ने सुधीर के लिए खाना लगाया। सुधीर खाना खाकर अपने कमरे में जाकर सो गया। शशि भी दोपहर का खाना खाकर अपनी बच्ची के साथ अपने कमरे में जाकर आराम करने लगी।

सुधीर की क़रीब साढ़े चार बजे घबराकर आँख खुली। उसने घड़ी की तरफ देखा, अभी तो साढ़े चार बजे हैं। अभी मेरे पास आधा घन्टा है, मैं आधे घन्टे में आसानी से तैयार हो सकता हूँ। सोचकर सुधीर बिस्तर से उठा और तैयार होने बाथरूम की ओर बढ़ गया। थोड़ी देर बाद सुधीर कपड़े बदलकर बाहर आ गया, तभी दरवाज़े.पर सुधीर को किसी ने आवाज़ लगाई–

"अरे सुधीर भाई।"

"अभी आया।" सुधीर ने जवाब दिया।

थोड़ी देर बाद तैयार होकर सुधीर घर से बाहर आ गया।

"अरे इतनी देर लगा दी।" विजय ने उसे देखकर पूछा।

"विजय कहाँ देर हुई है। अभी तो पाँच मिनट बाकी हैं। पाँच मिनट में रिक्शा करके अभी पहुँचते हैं मैडम के बताए रेस्टारेंट पर।" सुधीर ने अपनी रिस्टवॉच पर नजर डालते हुए कहा।

"और मुझे अभी मैडम को सड़क से लेना है, तू रेस्टारेंट पर पहुँच, मैं मैडम को लेकर वहीं पहुँचता हूँ।" विजय ने बताया।

"ठीक है हमारी मुलाक़ात रेस्टारेंट पर होगी।" कहकर सुधीर रिक्शे से रेस्टोरेंट पहुँच गया। उधर से विजय भी मैडम को लेकर रेस्टारेंट पर पहुंचा।

सुधीर मैडम को देखकर हतप्रभ रह गया।

"अरे इतनी हसीन वाक़्रई विजय ने अच्छी लड़की ढूँढ़ी है।" सुधीर ने बुदबुदाते हुए कहा।

विजय मैडम की मुलाक़ात सुधीर से कराते हुए बोला–

"मैडम यह सुधीर है। मैंने इन्हीं के बारे में आपसे बात की थी।" विजय ने परिचय कराते हुए कहा।

"ओह! अच्छा तो यह है सुधीर। अपासे मिलकर बहुत ख़ुशी हुई। मुझे रजनी कहते हैं।" रजनी ने अगले ही क्षण इठलाते हुए अपना परिचय दिया।

तभी बीच मे बात काटते हुए विजय ने कहा–

"सारी बात खड़े–खड़े करते रहोगे या बैठोगे भी।"

"अरे! मैं तो भूल गया था, आओ चलो अन्दर बैठते हैं।" कहकर तीनों साथ–साथ रेस्टारेंट में दाखिल हुए और सोफे पर बैठ गए।

"मैडम क्या लोगी, ठन्डा या गर्म।" सुधीर ने पूछा।

"जो आपको अच्छा लगे मंगवालें, मैं तुम्हारी पसन्द देखना चाहती हूँ।" वह मुस्कुराई।

"मैडम, मैं तो देहाती हूँ, मुझे क्या पता यहाँ क्या मिलता है। इस काम में तो मेरी आप ही को मदद करनी होगी। जो आप आर्डर देंगी, मैं उसे ही स्वीकार करुँगा।" सुधीर नम्रतापूर्वक बोला।

"अच्छा यह बात है।" इतनी देर में टेबिल पर वैटर आ पहुंचा।

"हाँ मैडम, क्या पसन्द करेंगी।" वेटर ने पूछा।

"अरे फिलहाल तीन कोक, तीन पेस्ट्री ले आओ।" मैडम ने आर्डर दिया।

"ठीक है मैडम।" कहकर वैटर वहां से चला गया।

सुधीर मैडम को देख बात करने की हिम्मत जुटाता हुआ बोला-

"मैडम आपके घर में कौन कौन है?"

"वैसे मेरा पूरा परिवार है, लेकिन में तन्हा रहना पसन्द करती हूँ।" मैडम ने उसकी आंखों में झांकते हुए कहा।

"ऐसा क्यों।" सुधीर ने चौंकने वाले अंदाज में पूछा।

"मैं अपनी लाइफ को एक खुले परिन्दे की तरह जीना चाहती हूँ, जिसमें कोई बन्दिशें न हो। यह बात मेरे घर वालों को पसन्द नहीं, इसलिए मैं अलग रहकर ज़िन्दगी का आनन्द ले रही हूँ। आप क्या करते हैं?" मैडम ने प्रश्न किया।

"जी मैडम, मैं देहात का रहने वाला हूँ। कुछ महीने पहले ही शहर में शिफ्ट हुआ हूँ। मेरा अपना मकान व दुकान है। उसी में मस्त रहता हूँ।" सुधीर ने बताया।

"तो अपना कारोबार करते हैं।"

"जी मैडम।"

"आपके घर में कौन-कौन हैं।" मैडम ने अगला प्रश्न किया।

"मैडम एक पिताजी है, वह भी गाँव में रहते हैं, जिनसे मेरा मिलना जुलना नहीं है। मैं शहर में तन्हा अपने मकान में रहता हूँ।" सुधीर ने बात को सम्भालते हुए बताया।

"अरे यह तो बहुत अच्छी बात है। हमारे बीच एक सी समस्याएँ हैं, फिर तो दोनों की बात बन सकती है। लेकिन शादी से पहले ज़रूरी है, हम दोनों एक दूसरे को अच्छी तरह पहचान लें। फिर मिजाज़ मिलते हैं, तो शादी के बारे में सोचेंगे।" मैडम ने उसकी ओर देखते हुए कहा।

"वैसे मुझे भी कोई जल्दी नहीं है। लेकिन मैडम आपसे एक गुज़ारिश है।"

"अरे गुज़ारिश कैसी, जो कहना साफ-साफ कहो।"

"मैं आपसे रोज़ मिलना चाहता हूँ।" वह बेताबी के साथ बोला।

"अरे इसमें गुज़ारिश की क्या बात है। शाम को दोनों साथ-साथ खाना खाया करेंगे।" वह मुस्कुरा दी।

"यह हुई न बात।" सुधीर का चेहरा प्रसन्नता से खिल गया।

"अब मैं आपका घर देखना चाहती हूँ। ताकि कल हम दोनों साथ घूमने चल सकें।" मैडम ने

अनुमान लगाने वाले अंदाज में पूछा।

"चलो अभी दिखात हूँ।" सुधीर तीव्रता से बोला।

"ठीक है अभी देखते हैं, कल किसने देखा है।" मैडम अपनी जगह से उठते हुए बोली।

कहकर तीनों रेस्टॉरेंट से उठकर सुधीर के घर की ओर चल दिये। थोड़ी दूर चलने के बाद सुधीर का घर आ गया। सुधीर मैडम व विजय को घर में लेकर दाखिल हुआ। घर में शशि बैठी हुई थी।

उसे देखते ही मैडम ने घर में घुसते ही पूछा-"यह कौन है, सुधीर।"

"मैडम! यह मैंने घर के काम काज के लिए नौकरानी रखी हुई है, इसका कोई नहीं है, इसे सहारा मिल गया, मुझे नौकरानी मिल गई।" सुधीर हड़बड़ाते हुए बोला।

"ठीक है, सुधीर तुम वाक़ई रहमदिल आदमी हो, लेकिन इस तरह की औरतों का घर में रखना ठीक नहीं है, वह कभी भी काई इल्ज़ाम लगाकर तुम्हें मुसीबत में डाल सकती हैं। बेहतर यही होगा, इसे घर से बाहर का रास्ता दिखाओ।" मैडम शशि को घूरते हुए बोली।

"मैडम आप ठीक कहती हैं, लेकिन मेरी मजबूरी है, मुझसे खाना बनाना नहीं आता और रोज़-रोज़ बाज़ार में खाया नहीं जाता, इसीलिए मैं आपसे शादी करके इस मुसीबत से बचना चाहता हूँ।" सुधीर ने विवशता प्रकट की।

"ठीक है मैं सोचूँगी, कि आपको इस मुसीबत से जल्दी निजात दिलाऊँ।" कहकर वह तीनों एक साथ कमरे में दाखिल हुए। सुधीर शशि को आवाज़ लगाते हुए बोला-

"शशि जल्दी खाना तैयार करो, हमारी खास मेहमान आई हैं। खाने में कोई कमी नहीं रहनी चाहिए।"

"ठीक है सुधीर! मैं अभी बनाती हूँ।" कहकर शशि खाना बनाने में लग गई। यह तीनों आपास में इतने घुल मिल गये, जैसे बरसों पुराने साथी हों। कुछ देर बाद खाना तैयार हो गया, इसके बाद तीनों ने साथ बैठकर खाना खाया। खाना खाने के कुछ देर बाद मैडम ने सुधीर से कहा-

"काफी देर हो चुकी है, मुझे भी घर जाना है, कल मिलते हैं।"

"ठीक है मैडम! चलिये मैं आपको छोड़ देता हूँ।" सुधीर अपने स्थान से उठते हुए बोला।

"आप क्यों तकलीफ करते हैं, मैं खुद चली जाऊँगी।" वह झिझकते हुए बोली।

"नहीं-नहीं इसमें तकलीफ की क्या बात है। इस बहाने से मैं आपका मकान भी देख आऊँगा।" सुधीर ने कहा।

"सुधीर हमारा क्या मकान है, हम तो किराये पर रहते हैं, आज यहाँ कल वहाँ।" वह गम्भीर होते हुए बोली।

"अब आपको घर बदलने की ज़रूरत नहीं। अब आप मेरे साथ मेरे मकान पर रहें।" सुधीर ने हमदर्दी जताई।

मैडम हँसी और बात को टालते हुए कहा–"सुधीर अभी तो पहला दिन है। तुम मुझे परखो, मैं तुम्हें परखूँ, फिर देखते हैं क्या होता है।"

थोड़ी दूर साथ-साथ चलने के बाद दोनों ने रिक्शा किया, रिक्शे में बैठकर मैडम के घर की ओर चल दिये, कुछ देर बाद मैडम का घर आ गया। मैडम ने इशारा करते हुए कहा–

"मैं इसी मकान में रहती हूँ।"

"आप किस किस समय मिलती हैं।"

"मैं शाम को चार बजे के बाद मिलती हूँ।" मैडम ने बताया।

"ठीक है। अब मैं चलता हूँ। कल फिर मुलाक़ात होगी। ओ०के०।" सुधीर ने अपनी रिस्टवॉच पर दृष्टि डालते हुए कहा।

"ओ०के०।" कहकर दोनों ने अपनी-अपनी राह पकड़ी।

"मैडम रजनी अपने दिल में सोच रही थी। यह मुर्ग़ा सही फंसा है। अब मुझे इस किराये के मकान में भी नहीं रहना पड़ेगा, और सारा खर्च भी यही उठायेगा। अब मैं पहले से ज्यादा लोगों को चंगुल में फंसाकर नोट इकट्ठा कर सकती हूँ। यह तो केवल मेरी ख़ूबसूरती का दीवाना बनकर रह गया है, ऐसा महसूस होता है इसने कभी औरत नहीं देखी। इसी का फायदा मैं ख़ूब उठाऊँगी। शादी तो एक धोखा है, यह इसी धोखे में फंसकर अपना सब कुछ मुझपर लुटा देगा। ऐसे आदमी औरत के लिए सब कुछ खो देते हैं, हम जैसी औरतों के यही ख़्वाब पूरे करते हैं। चलो अच्छा देखते हैं, कितने दिन सुधीर से पटती है। यही सोचकर अपने हसीन सपनों में खोते हुए वह सो गई।

अगले दिन रजनी अपने समय अनुसार शाम पाँच बजे सुधीर की दुकान पर पहुँच गई। सुधीर रजनी को देखकर गद-गद हो गया। उसने रजनी को आदर पूर्वक दुकान में बुलाया। रजनी मुस्कराते हुए दुकान में दाखिल हुई और आराम से बैठ गई।

"आप मेरी चिन्ता न करें। अपने कारोबार पर ध्यान दें।" रजनी मुस्कुराते हुए बोली।

"मैडम में कारोबार तो क्या सबकुछ तुम पर कुरबान कर सकता हूँ।" सुधीर गदगद होते हुए बोला।

"जब सब कुछ मुझ पर लुटा दोगे, तो ज़िन्दगी कैसे चलाओगे। बेहतर यही है, काम के समय काम और घूमने के समय घूमना, मैं आज इसीलिए इस समय आई हूँ, ताकि तुम्हारे कारोबार को देख सकूँ, आपकी दुकान कैसी चलती है। आप इस लायक़ भी हैं जो एक गृहस्थी का जीवन चला सकें।" रजनी ने इधर-उधर नजरें दौड़ाते हुए कहा।

"तो आपने क्या पाया?" सुधीर ने उत्सुकतावश पूछा।

"अभी तो आई हूँ, तीन चार घन्टे बैठूँगी, फिर अन्दाज़ा लगाऊँगी, कि आप सक्षम हैं या नहीं।" वह बोली।

"तो आप आराम से बैठें, मैं सुकून से दुकानदारी कर लूँ, रात में दुकानदारी के बाद घूमने चलेंगे।"

"आप फिक्र न करें। अपने कारोबार पर ध्यान दें।"

उसके बाद सुधीर अपनी दुकानदारी में लग गया। रजनी शान्त स्वभाव से बैठी, सुधीर की दुकानदारी को देख रही थी, रजनी ने तीन चार घन्टे सुधीर की दुकान पर बिताए। रजनी ने देखा, सुधीर का काम अच्छा है, यह ज्यादा दिन तक मेरा ख़र्च बर्दाश्त कर सकता है, सुधीर के साथ अगर थोड़ी हमदर्दी रखी जाए, तो सुधीर मेरा हमेशा-हमेशा ग़ुलाम बन जाएगा, फिर मैं इसके साथ मस्ती से ज़िन्दगी गुज़ार सकती हूँ। रजनी बैठी सोच रही थी। तभी सुधीर ने कहा-

"मैडम दस बज चुके हैं।"

"अरे क्या मैडम-मैडम लगा रखी है। आज से तुम मुझे रजनी कहा करो।" वह झल्लाकर बोली।

"ठीक है रजनी जी।" सुधीर सटपटा गया।

"अरे पगले सिर्फ रजनी, इतना कहने से अपनापन झलकता है और मैं तुम्हें अपना मान चुकी हूँ।" रजनी ने बनावटी अंदाज में कहा।

"वाकई आप शादी के लिए राज़ी हो गईं।" सुधीर का चेहरा खुशी से खिल गया।

"अरे शादी क्या होती है, यह तो एक सामाजिक बन्धन है। मैं इस बन्धन को नहीं मानती, बस इतना मानती हूँ, लड़का लड़की एक दूसरे को परख लें, फिर एक दोस्त की तरह जीवन बिताएँ, और इसी जीवन में आनन्द है।" रजनी ने अपने मन की बात बताई।

"रजनी यह जीवन तो ग़लत है। शादी से लड़का-लड़की एक पवित्र बन्धन में बंधकर अग्नि को साक्षी मानकर फेरे लेते हैं, ताकि भविष्य में कोई कठिनाई जीवन में न आए।" सुधीर आश्चर्य से बोला।

रजनी ज़ोर से हँसी और बोली-

"तुम बुद्धू के बुद्धू निकले, अरे पगले अगर अग्नि व मन्त्र इतने मज़बूत होते तो पति-पत्नी के रिश्ते में दरार न आती, आज न्यायालय केवल पति-पत्नी के मुक़दमों से अटे पड़े हैं। रोज़ दहेज़ की सूली पर लड़की को चढ़ाया जा रहा है। यह सम्बन्ध है। क्यों हत्याएँ हो रही हैं। क्यों पति-पत्नी के बीच विश्वास नहीं बन पा रहा है।" रजनी ने सुधीर को समझाने की कोशिश की।

"यह तो आप ठीक कहती हैं। फिर ऐसा क्यों?" सुधीर असमंजस में पड़ गया।

"अरे पति-पत्नी का रिश्ता आपसी सद्भाव और त्याग पर आधारित होता है। जो एक दूसरे की भावनाओं का आदर करने के लिए होता है। अगर दोनों में यह नहीं तो कोई-रिश्ता सफल नहीं हो सकता, मैं समझती हूँ, शादी से पहले लड़का, लड़की एक दूसरे को समझें, फिर रिश्ता करें। कुछ लोग शादी को केवल सहवास की क्रिया ही मानते हैं। आज के युग में बहुत लड़की या लड़के ऐसे होंगे, जो इस क्रिया से न गुज़रे होंगे। क्या उनकी शादी हो गई। अगर हो चुकी, तो फिर समाज को दिखाने के लिए यह आडम्बर क्यों?

"रजनी जी आपकी बातें तो मेरी समझ से परे की बातें हैं। मैं तो शादी को ही पति-पत्नी के बीच शारीरिक सम्बन्ध का रिश्ता मानता हूँ।" सुधीर सोचते हुए बोला।

"इसमें तुम्हारी ग़लती नहीं, यह उम्र ही ऐसी होती है। उसे केवल सहवास ही करने के लिए शादी की आवश्यकता होती है। सहवास करने के पश्चात् औरत को आदमी हीन भावना से

देखने लगता है। यही उसकी सबसे बड़ी कमी है। अगर औरत को वह अपनी ज़िन्दगी का पार्टनर माने, तो यह रिश्ता आख़िर तक रहता है। देखने में आया है, औरत कोशिश करती है, वह इस रिश्ते को निभाएँ, परन्तु मर्द अच्छी औरत को देख यह बन्धन तोड़ देता है। फिर औरत भी उसी के नक्शे क़दम पर चलकर दूसरों से सम्बन्ध बनाती है। आदमी इन सम्बन्धों को बर्दाश्त नहीं करता, यहीं से कलह का आरम्भ हो जाता है। फिर बात इतनी बढ़ती है, कि अदालत से इन्साफ मिल जाएगा। ऐसा नहीं, वहाँ की प्रक्रिया इतनी लम्बी है, दोनों पक्ष थक जाते हैं फिर कोई माध्यम ढूँढकर फैसले की बात करते हैं।" रजनी ने तर्क पर तर्क दिया–"तो बताओ आपको कौन सी ज़िन्दगी जीना चाहते हो। शादी वाली या साथ–साथ रहकर प्यार मौहब्बत की।"

"मैं तो इस सम्बन्ध में इतनी जल्दी फैसला नहीं ले सकता। लेकिन तुम कौन सी ज़िन्दगी जीना चाहती हो, मैं उसी में ख़ुश हूँ।" सुधीर हैरानी से बोला।

"मैं तो एक दोस्त की ज़िन्दगी जीना चाहती हूँ।" रजनी ने अपना फैसला सुनाया।

"शादी के बन्धन में बन्धना नहीं चाहती।" सुधीर ने उत्सुकतावश पूछा।

"नहीं...।" वह बोली।

"तो शारीरिक सम्बन्धों का क्या होगा।" सुधीर ने आश्चर्य से पूछा।

"अरे पगले, दोस्ती में शारीरिक सम्बन्ध कहाँ आड़े आते हैं। मैं हर तरह से तुम्हारे साथ जीना चाहती हूँ।" रजनी ने उसके सिर पर चपत लगाते हुए हुआ।

"अरे तुम्हारे इस उत्तर ने मेरा बोझ हल्का कर दिया, चलो आज काफी देर हो चुकी है, खाना खाकर आते हैं।" सुधीर ने एक गहरी सांस लेते हुए कहा।

"चलो भूख भी बहुत ज़ोर की लगी है।" रजनी ने सहमति में गर्दन हिलाई।

कहकर दोनों साथ–साथ रेस्टॉरेंट की तरफ चल दिए। थोड़ी देर बाद रेस्टॉरेंट आ गया। दोनों ने खाना खाया, कुछ देर इधर–उधर की बातें की, फिर रजनी ने कहा–

"इस समय रात बहुत हो चुकी है। मैं चाहती हूँ, आज रात आपके घर ही रुक जाऊँ।"

"हाँ क्यों नहीं, मेरा घर भी तुम्हारा है, पर एक इल्तिजा है।" सुधीर सोचते हुए बोला।

"सुधीर इल्तिजा कैसी, तुम बेहिचक कहो, क्या कहना चाहते हो।"

"मेरे कमरे में एक चार पाई है। आप चारपाई पर सो जाना, मैं बाहर सो जाऊँगा। आपको कोई आपित तो नहीं।" सुधीर ने झिझकते हुए पूछा।

"सुधीर तुम अपना दोस्त भी कहते हो, और अपनी बात कहते हुए भी डरते हो। अरे हम दोनों एक चारपाई पर आराम से सो जाएँगें।" रजनी मुस्कुराते हुए बोली।

"नहीं–नहीं यह अच्छा नहीं है, शादी से पहले किसी के साथ इस तरह सोना।" सुधीर हड़बड़ाते हुए बोला।

"सुधीर तुम मुझसे शादी करना चाहते हो।"

"हाँ।" उसने स्वीकृति में गर्दन हिलाई।

"फिर साथ–साथ सोने में क्यों घबराते हो। जब मुझे कोई एतराज़ नहीं, तुम्हें क्यों है। शादी के बाद भी तो यही सब कुछ होता है, जो आज होगा। शादी केवल एक बन्धन है और मैं उसमें बन्धना नहीं चाहती और न तुम्हें बांधना चाहती, इसी तरह ज़िन्दगी के मज़े लो। अब देर न करो, घर की तरफ चलो।" रजनी ने उसका हाथ पकड़कर खींचा।

"ठीक है, अगर आपकी ऐसी मर्ज़ी है, तो मुझे क्या एतराज़ है।" सुधीर विवश होकर बोला।

"यह हुई ना बात। आज हम दोनों ज़िन्दगी का आनन्द लें और एक दूसरे में खो जाएँ।" रजनी खुशी प्रकट करते हुए बोली।

"उसके बाद सुधीर व रजनी साथ–साथ घर पहुंचे।"

शशि सुधीर के इन्तज़ार में दरवाज़े पर बैठी थी। सुधीर अपने साथ रजनी को लिए जैसे ही घर में घुसा तो शशि ने उससे कहा–

"यह कौन है। इस तरह इसे घर में क्यों लाए हो।"

"तुझे यह हक़ किसने दे दिया, तू अपनी औक़ात में रह वरना एक मिनट लगेगा, घर से निकालने में।"

इसी तरह शशि व सुधीर में गरमा–गर्मी ज्यादा बढ़ती गई, दोनों ज़ोर–ज़ोर से चिल्लाने लगे। रजनी ने सुधीर को समझाते हुए कहा–

"यह समय चिल्लाने का नहीं है, धीरे बात करो। मौहल्ले के लोग जाग जायेंगे, फिर लोग हम दोनों को शक की निगाह से देखेंगे। तुम्हारा मौहल्ले में रहना भारी हो जायेगा। मेरी मानो

इस समय इसे बोलने दो, तुम अपने कमरे में चलो, इसका निर्णय सुबह करना, वरना शशि अपने मक़सद में कामयाब हो जायेगी। तुम मौहल्ले वालों की किस-किस बात का जवाब दोगे।”

“तुम ठीक कहती हो रजनी।” कहकर सुधीर शान्त हो गया।

शशि भी समझ गई थी, कि इस समय ज्यादा कहना ठीक नहीं होगा। इसलिए वह अपने कमरे में चली गई। उसके जाने के बाद सुधीर रजनी को लेकर अपने कमरे में पहुँच गया। रजनी ने सुधीर से कहा–

“सुधीर तुम तो कहते थे, यह तुम्हारी नौकरानी है। यह तो तुम पर पत्नी की तरह अपना अधिकार जमा रही है।”

“मैंने शशि से शादी नहीं की, यह मेरी माँ की एक भूल है, जो मैं सहन कर रहा हूँ।” वह दुःखी होकर बोला।

“भूल, कैसी भूल। कुछ समझ में नहीं आ रहा।” रजनी ने आश्चर्य से पूछा।

“रजनी यह कहानी बहुत लम्बी है। तुम्हें कभी फुरसत में सुनाऊँगा।” सुधीर ने बात को टालने की कोशिश की।

“अरे पूरी रात फुरसत ही फुरसत है।” रजनी लापरवाही से बोली।

“रजनी यह सब उतनी जल्दी नहीं बताई जा सकती।”

“फिर भी थोड़ी बहुत बताओ ताकि मैं भी सुनकर इसका हल निकाल सकूँ। वरना तुम अकेले-अकेले घुटते रहोगे। मैं तुम्हारी दोस्त हूँ और दोस्त से कोई बात छुपानी नहीं चाहिए।” रजनी ने जिद्द की।

“नहीं बाज आती तो सुनो। शशि मेरी पत्नी नहीं है, यह मेरे बड़े भाई की पत्नी है।” सुधीर झल्लाकर बोला।

“फिर तुम्हारे साथ क्या कर रही है।” रजनी ने हैरानी से पूछा।

“मेरा भाई नामर्द था। मेरी माँ ने एक रात मुझे शशि के कमरे में धकेल दिया, मैंने वह सब किया, जो एक पति अपनी पत्नी के साथ करता है। उसी सम्बंधों से इसके एक पुत्री हुई, जो उसके साथ है। शशि व भाई के बीच मुक़दमें बाज़ी शुरु हो गईं, पंचों ने दोनों के बीच सुलाह

कराने की कोशिश की, शशि ने हक़ीक़त अपने वकील से कह दी, वकील ने पंचों से कह दी, यह बात गाँव में आग की तरह फैल गई, पंचों ने अपना निर्णय सुनाते हुए, शशि को मेरी पत्नी बना दिया। इसी कारण यह मुझे अपना पति मानती है। मैंने इसी कारण अपना गाँव छोड़ा, ताकि इसे छोड़कर अपनी पसन्द की शादी कर सकूँ। यह रिश्ता है, शशि और मेरे बीच।" सुधीर ने अपनी पूरी कहानी बताई।

"अरे सुधीर क्यों चिन्ता करते हो। यह बताओं शशि के माता पिता पैसे वाले हैं।" रजनी ने पूछा।

"नहीं वे ग़रीब लोग हैं।"

"फिर चिन्ता न करो। इसका निर्णय सुबह हो जाएगा।" रजनी ने तसल्ली दी।

"अब तुम मेरी आग़ोश में आ जाओ और सब कुछ भूल जाओ। यह समस्या अब मेरी है, देखते जाओ मैं शशि को आपकी और अपनी ज़िन्दगी से कैसे अलग करती हूँ। अब तुम मेरी बाहों में आजाओ और ज़िन्दगी के ग़म भूल जाओ।"

"रजनी मैंने सोचा भी नहीं था, कि तुम मुझे इतनी जल्दी मिल जाओगी, मैं अपने आप पर यक़ीन नहीं कर रहा हूँ, कि तुम मेरे पहलू में हो।" सुधीर ने अविश्वास से पलकें झपकाते हुए कहा।

"सुधीर यह एक ज़िन्दगी का धोखा है।"

"क्या मतलब! मैं तुम्हारे कहने का मतलब नहीं समझा।"

"अभी तुम नादान हो, और तुम्हारी उम्र ऐसी नहीं, कि तुम समझ सको, तुम तो केवल ज़िन्दगी का मज़ा लो, तुम्हारी ज़िन्दगी का केवल एक मक़सद था, ख़ूबसूरत औरत को पाना वह तुम्हारे पहलू में है, तुम्हारी ख़्वाहिश पूरी हुई।" कहकर रजनी ने धीरे-धीरे अपने जिस्म से कपड़े उतारने शुरु किये और अपने ही हाथों से सुधीर के कपड़े भी उतार रही थी।

सुधीर इस समय संसार का सुख रजनी में तलाश कर रहा था सुधीर भी अपने को न सम्भाल सका और रजनी की बाहों में सिमट कर ज़िन्दगी का आनन्द लेने लगा। सुधीर व रजनी दोनों एक दूसरे में होकर ज़िन्दगी को आनन्द लेकर सो गये। सुबह रजनी उठी, शशि रजनी से पहले जागी हुई थी। जैसे ही रजनी की नज़र उस पर पड़ी, रजनी ने शशि से कहा-

"शशि तुमने दूसरों पर कीचड़ उछालने से पहले अपने दामन को देख लिया होता, तुम सुधीर की ब्याहता पत्नी तो नहीं हो, समाज की थोपी हुई पत्नी हो, तुमने अग्नि के सात फेरे नहीं लिए, फिर भी उसकी पत्नी होने का दम भरती हो। यह कैसा रिश्ता है।"

"रजनी यही मैं आपसे पूछना चाहती हूँ, कि तुम रात भर सुधीर के साथ एक पत्नी जैसा रिश्ता बना रही थीं, क्या तुम सुधीर की पत्नी हो।" शशि ने प्रश्न किया।

"नहीं, मैं सुधीर की पत्नी नहीं हूँ और ना ही सुधीर ने मुझे किसी के कहने पर शारीरिक सम्बन्ध बनाए हैं। तुम्हारे और मेरे बीच एक रिश्ता है, केवल फर्क इतना है, सुधीर ने मुझे मेरी सहमति और अपनी मर्जी से सम्बन्ध बनाए हैं। तुम्हारे सम्बन्ध मजबूरी के थे, तुम और मैं एक ही ख़ाने में हैं। फर्क इतना है, सुधीर मेरी ख़ूबसूरती का दिवाना है। सुधीर तुमसे नफरत करता है। मैं तुम्हारी नफरत का लाभ उठाकर सुधीर को अपना लूँगी। तुम साथ रहकर भी अजनबी बनी हुई हो। बेहतर यही है, तुम सुधीर की ज़िन्दगी से चली जाओ, वरना।"

"वरना...क्या?" शशि ने घूरते हुए पूछा।

"सुधीर तुम्हें घर से बाहर का रास्ता दिखा देगा।" रजनी ने घृणा के साथ कहा।

"रजनी तुम भी एक औरत हो, मैं भी एक औरत हूँ। फर्क इतना है, भगवान ने तुम्हे ख़ूबसूरती दी है, वह मेरे पास नहीं है। भगवान के लिए तुम सुधीर की ज़िन्दगी से चली जाओ, मुझ पर और मेरे बच्चे पर रहम करो।" शशि ने हाथ जोड़कर विनती की।

"शशि मैं सुधीर की ज़िन्दगी से चली भी गई, कल उसकी ज़िन्दगी में कोई और औरत आ जाएगी, क्योंकि वह तुमसे सन्तुष्ट नहीं है और आगे भी नहीं होगा। मैं तुम्हारे हित में यह सब इसलिए कह रही हूँ, अभी तुम जवान हो। कोई मर्द औरत का भूखा तुम्हें अपनाकर तुम्हें आसरा दे सकता है। आगे उम्र बढ़ने से वह भी द्वार बन्द हो जाएंगे। इसलिए मेरी मानो यहाँ से जाकर किसी आदमी को पकड़कर अपनी ज़िन्दगी चलाओ।" रजनी ने सलाह दी।

"रजनी मैं तुम्हारे कहने का मतलब समझ गई। अब मुझे जाना ही होगा।" शशि कुछ देर सोचने के बाद बोली।

"इसी में तुम्हारी भलाई है। बेहतर है, किसी मर्द को ज़रूर पकड़ लेना।" रजनी के होठों पर कटाक्ष मुस्कान थी।

"रजनी, मैं आज तुम्हें वचन देती हूँ, मैं किसी मर्द का सहार नहीं लूँगी। मैं और मेरी बच्ची अपने बलबूते पर जिन्दगी की राह चलेंगे। तुमने ठीक कहा, सुधीर मुझे पसन्द नहीं करता, इसलिए मुझे उसके टुकड़ों पर न पलकर स्वयं अपनी राह बनानी होगी। मुझे यह क़दम पहले ही उठा लेना चाहिए था।" शशि ने भर्राए हुए स्वर में कहा।

"ख़ैर कोई बात नहीं, अब देर न करो, सुधीर का घर छोड़ो, आज से इस मकान में, मैं मालकिन हूँ।" वह गर्व के साथ बोली।

"रजनी तुम्हें यह घर मुबारक हो। मैं जा रही हूँ।" कहकर शशि सुधीर के मकान से बिना कोई विरोध किये निकल गई।

घर से बाहर आते ही शशि को बूढ़ी माँ का ख़्याल आया। शशि बूढ़ी माँ के घर पहुँच गई। बूढ़ी माँ अपने आँगन में बैठी थी। शशि बूढ़ी माँ के सामने पहुँचते ही आँखों में आँसू भरकर बोली–

"माँ मुझे घर से निकाल दिया, अब मैं सुधीर के साथ नहीं रह सकती।"

"बेटी क्यों फिक्र करती है, मैं तेरी माँ जैसी हूँ, तू मेरे साथ रह– रूखा–सूखा जो होगा, दोनों मिलकर खाएँगे। वैसे भगवान ने मुझे बहुत कुछ दिया है, इस समय मुझे एक बेटी की ज़रूरत थी, जो तेरे रूप में मुझे मिल गई। तू किसी बात की फिक्र न कर, इतना बड़ा घर है, चाहे जहाँ रह, आज के बाद तेरी सारी जिम्मेदारी मेरी है। मैं तेरा सारा ख़र्च उठाने को तैयार हूँ।" बूढ़ी मां ने तसल्ली देते हुए कहा।

"नहीं माँ जी! मैं आप पर बोझ नहीं बनना चाहती।"

"मेरा अशीर्वाद सदा तेरे साथ है। पर बेटी तू क्या करेगी।"

"माँ मुझसे सिलाई का काम आता है। तुम मुझे एक सिलाई मशीन दिला दो, ताकि मैं अपनी ज़िन्दगी की शुरुआत कर सकूँ।" शशि ने याचना भरे स्वर में कहा।

"ठीक है बेटी, मैं सिलाई मशीन आज ही दिलाती हूँ और मौहल्ले की औरतों से भी कहूँगी, अगर कोई कपड़ा सिलवाना हो, तो मेरी बेटी सीती है।" बूढ़ी मां ने तसल्ली दी।

"माँ यह तो और भी अच्छा होगा।" वह खुश होते हुए बोली।

"चल अब दस बज चुके हैं। मार्केट खुल गई होगी, तुझे सिलाई मशीन दिलाकर लाती हूँ।"

कहकर दोनों मार्केट के लिए रवाना हो गईं।

शशि को जो सिलाई मशीन पसन्द आई वही मशीन बूढ़ी माँ ने उसे दिला दी। इसके बाद मोहल्ले की औरतों के पास ले जाकर शशि का परिचय भी कराया।

"यह शशि है, मेरी बेटी है। शशि ने मेरे मकान में सिलाई का काम शुरु किया है, आप लोग अपने कपड़े अगर मेरी बेटी से सिलवाया करो, तो मुझ पर अहसान होगा।" बूढ़ी मां ने नम्रतापूर्वक प्रार्थना की।

"अम्मा जी, कैसी बातें कर रही हो, तुम्हारा कहना ही हमारे लिए आदेश है। आप जैसा चाहती हैं, वैसा ही होगा।" मौहल्ले की औरतें बोलीं।

"मुझे आप लोगों से यही उम्मीद थी।" बूढ़ी मां इत्मीनान की सांस लेते हुए बोलीं।

फिर दोनों ख़ुशी-ख़ुशी घर लौट आईं। मौहल्ले की औरतें शशि के पास काम लाने लगीं, धीरे-धीरे शशि का काम बढ़ने लगा। कुछ दिन बाद शशि की बेटी भी इस लायक़ हो गई, कि स्कूल जा सके। शशि ने माँ से कहा-

"माँ! मैं चाहती हूँ अपनी लड़की को स्कूल भेजूँ, यह इस लायक़ हो चुकी है, कि स्कूल जा सके।"

"ठीक है बेटी हमारे घर के बराबर में ही स्कूल है, इसे स्कूल में पढ़ने के लिए दाख़िला दिला दो। मैं इसे स्कूल छोड़कर और लेकर आ जाया करूँगी।" बूढ़ी मां स्नेहपूर्वक बोली।

शशि ने ख़ुशी-ख़ुशी अपनी बेटी को स्कूल में पढ़ने बैठा दिया, अब शशि की लड़की स्कूल जाने लगी थी बुढ़िया लड़की को स्कूल से लाती और फिर लेकर जाती, समय ठीक बीतने लगा।

एक दिन बूढ़ी माँ ने शशि से कहा-

"बेटी मैं कुछ कहना चाहती हूँ।"

"कहो माँ क्या कहना चाहती हो।" शशि ने उनके नजदीक बैठते हुए पूछा।

"बेटी तेरी अभी उम्र ही क्या है। अभी तेरे सामने पूरी उम्र पड़ी है। अगर तू चाहे तो मैं तेरे लिए अच्छा सा रिश्ता ढूँढकर शादी करा दूँ, ताकि आने वाले समय में तेरा समय ठीक और अच्छा कट सके।" बूढ़ी मां ने स्नेहपूर्वक स्वर में कहा।

"माँ मुझे शादी नाम से नफरत है। शादी के बाद मुझ पर क्या गुज़री, मैं ही जानती हूँ। अब

मुझे मर्द नाम से भी नफरत है।" शशि ने घृणा के साथ कहा।

"बेटी, यह तू नहीं तेरी नफरत बोल रही है। मैं मानती हूँ, तेरे साथ ज़िन्दगी ने दग़ा की है। लेकिन ज़रूरी नहीं हर मर्द तेरे पति जैसा ही हो।" मां ने समझाया।

"माँ, औरत केवल मर्द का खिलौना है, जब तक उसका जी चाहता है, खेलता है, जब उसका दिल भर जाता है, औरत पर कुछ न कुछ इल्ज़ाम लगाकर उसे अपनी ज़िन्दगी से निकाल देता है, या यूँ कहें आज भी उन औरतों का बोलबाला है, जिनकी सूरत भगवान ने अच्छी दी है, वह अपनी ख़ूबसूरती के बल पर मर्दों को उल्लू बनाकर दस मर्दों से रिश्ते रखती हैं, वही पारसा कहलाती है, मेरी सूरत अच्छी नहीं है, अगर किसी ने मजबूरी में मेरे साथ शादी कर भी ली, तो वह कुछ दिनों बाद मुझे अपनी ज़िन्दगी से अलग कर देगा। फिर मैं उसकी औलाद को पालने के लिए दर-दर की ठोकरें खाती फिरूँगी। माँ मैं अब शादी नहीं करूँगी। मैं अब केवल अपनी बच्ची के लिए जीना चाहती हूँ। मैं इसे इस लायक़ करना चाहती हूँ, वह ख़ुद अपने पैरों पर खड़ी हो सके। किसी की मोहताज न रहे।" शशि दुःखी स्वर में बोली।

"बेटी यह सब ठीक है। लेकिन तू अपने फैसले पर दोबारा ग़ौर करना, मैं जो भी कह रही हूँ, तेरे भले के लिए कह रही हूँ। मैंने भी दुनिया देखी है। बिना मर्द के औरत की ज़िन्दगी ठीक नहीं गुज़रती।" बूढ़ी मां ने समझाने की कोशिश की।

"माँ मैं तुमसे वादा करती हूँ, मैं अपनी आगे की ज़िन्दगी बिना मर्द के जीकर दिखाऊँगी।" शशि ने दृढ़ स्वर में कहा।

"बेटी, तू अपने इरादे की अटल है। भगवान तुझे हौसला दे, तू अपने मक़सद में कामयाब हो।" बूढ़ी मां ने आशीर्वाद दिया।

"माँ, वह औरत क्या जो संकट से तंग आकर घबरा जाए। मैंने भी अपने आपको संकट में डाल रखा था। आज जो निर्णय मैंने लिया, वह मुझे शुरु में लेना चाहिए था।" शशि ने दृढ़तापूर्वक कहा।

"बेटी, जहाँ भी इन्सान अपनी भूल सुधार कर अपनी ज़िन्दगी की शुरुआत करता है वहीं से नया सूरज उगता है। इन्सान को कभी भी हीन भावना का शिकार नहीं होना चाहिए। दूसरों के आसरे ज़िन्दगी जीने वाला कभी भी कामयाब नहीं हो सकता, यह तूने अच्छी तरह समझ

लिया है। भगवान तेरा ज़रूर साथ देगा।" मां ने हौंसला बढ़ाया।

"माँ, मैं यह निर्णय आपके आत्मविश्वास के साथ ले रही हूँ। मुझे उम्मीद ही नहीं, पूर्ण भरोसा भी है, तुम मेरे इस क़दम में मेरा पग-पग पर साथ दोगी।" शशि ने इत्मीनान की एक सांस लेकर कहा।

"बेटी, मैं क्या तेरा आत्मविश्वास तुझे आगे ले जाएगा, मैं तो एक माध्यम हूँ।" बूढ़ी मां मुस्कुराई।

"माँ कल से काम शुरु करूँगी।" शशि ने सोचने वाले अंदाज में कहा।

"मैं तेरे साथ, एक माँ की तरह, अपना साया तुझ पर रखकर चलूँगी।" वह बोलीं।

अगले दिन मौहल्ले की दो औरतों ने अपने कपड़े सीने को दिये, साथ में सिलाई के पैसे भी देते हुए कहा–

"बहन, यह पैसे बतौर शगुन है, तुम आत्म विश्वास के साथ आगे बढ़ो।"

"मुझमें जो आत्मविश्वास आया है, तुम बहनों की वजह से वह और मज़बूत हुआ है। मैं अपना काम बड़ी लग्न व ईमानदारी से करूँगी।" शशि कृतज्ञता भरे स्वर में बोली।

"भगवान तुम्हारे हौसलों में और चार चाँद लगाए।" उन औरतों ने कहा–"अच्छा बहन हम चलते हैं।"

कहकर मौहल्ले की औरतें वहां चली गई। उनके जाने के बाद शशि अपने काम में लग गई।

इसी तरह शशि सुबह उठकर माँ के पैर छूती और घर के सारे काम निपटाती, बच्ची को स्कूल जाने के लिए तैयार करती, बूढ़ी माँ बच्ची की उंगली पकड़ कर स्कूल छोड़ने जाती। शशि व माँ एक साथ सुबह का नाश्ता करते, फिर शशि अपने सिलाई के काम में लग जाती, शशि दोपहर तक काम करके बच्ची के आने से पहले दोपहर का खाना बनाती, माँ बच्ची को स्कूल से लाकर तीनों एक साथ बैठकर खाना खाते। इस तरह समय गुज़रता गया।

करीब पाँच वर्ष में शशि के पास इतना पैसा हो गया, कि वह अपना रेडिमेड का कार्य कर सके। शशि को अपना काम बढ़ाने के लिए कुछ कारीगरों की आवश्यकता थी, शशि की मौहल्ले की कुछ औरतें काम करने के लिए मिल गईं, शशि ने उनके सहारे अपना कार्य शुरु किया। शशि तैयार माल लेकर मार्केट में थोक व्यापारी के पास जाती, दुकानदारों की सहानुभूति

शशि को मिली, जिसके बल पर शशि ने दिन-दुगनी रात चौगनी तरक्क़ी करनी शुरु कर दी। शशि अब कपड़ा उद्योग में जानी-पहचानी व्यक्तित्व की मालिक थी। लोग शशि को पहचानने लगे थे। वह हज़ारों रुपये का कच्चा माल बाज़ार से उठाती, माल तैयार होने पर बेचकर पैसा पहुँचाती। शशि का काम इतना बढ़ गया, कि माँ का मकान छोटा पड़ गया। उसने एक प्लाट ख़रीदा और उसे नीचे कारखाना रखा और ऊपर रहने के लिए अपना आवास बनाया।

एक दिन शशि ने माँ से पूछा–

'माँ मुझे तुम्हारे साथ रहते क़रीब पन्द्रह वर्ष गुज़र गये हैं, लेकिन मुझे आपके नाम का नहीं पता–मैं आपका नाम जानना चाहती हूँ।"

"क्यूँ बेटी। आज पन्द्रह साल बाद तुझे मेरे नाम की क्या ज़रूरत पड़ गई।" मां ने आश्चर्य से पूछा।

"माँ, मैं तुम्हें एक सरपराइज़ देना चाहती हूँ।" वह बोली।

"वह क्या है?" मां ने चौंकने वाले अंदाज में उसकी ओर देखा।

"यह नहीं बताऊँगी। तुम मुझे अपना नाम बताओ।" शशि ने जिद्द की।

"ठीक है बेटी नहीं बताना चाहती मत बता, मेरा नाम लक्ष्मी है।" मां ने एक गहरी सांस छोड़ते हुए बताया।

"ठीक है। आज से हम लोग अपने नये मकान में शिफ्ट होंगे।" शशि ने खुश होकर बताया।

"क्यों बेटी, यह मकान तेरा नहीं है, क्या?" मां ने हैरानी से उसकी ओर देखा।

"माँ कैसी बात करने लगी, यह मकान भी मेरा है।"

"मैं तुम्हें अपने साथ ही रखकर तुम्हारा अशीर्वाद सदा लूँगी। तुम देखती जाओ।"

"ठीक है बेटी।" मां सहमत होते हुए बोली।

आठ दिन में शशि ने अपना सारा काम अपने नये मकान में शिफ्ट कर दिया। एक बोर्ड बनवाया, जिस पर शशि ने लिखा, 'लक्ष्मी वस्त्र उद्योग'।

आठ दिन बाद शशि ने अपनी बूढ़ी माँ को लेकर अपनी लघु फैक्ट्री का उदघाटन अपनी माँ के हाथों कराया।

माँ ने पूछा–"बेटी, यह कैसा बोर्ड लगाया है।"

"माँ इस बोर्ड पर लिखा है, लक्ष्मी वस्त्र उद्योग।"

यह सुनकर माँ की आँखों में आँसू आ गये, वह बोली-"बेटी, यह सब तो तेरी मेहनत और लग्न का नतीजा है, इसमें मेरा कोई सहयोग नहीं, तूने जो कुछ किया है, तेरी मेहनत है, तुझे इस फैक्टरी का नाम भी अपने या अपनी बेटी के नाम से रखना चाहिए था।"

"माँ तुम ठीक कहती हो। लेकिन जो लोग अपने बुरे वक्त को भूल जाते हैं, और एहसान फरामोश होते हैं, यह काम वही कर सकते हैं। मैं नहीं, मुझे आज भी वह दिन याद है जब आपने मुझे सहारा दिया, मैं वह दिन कभी नहीं भूल सकती, आज मैं जो कुछ हूँ तुम्हारी बदौलत हूँ। इसलिए मेरी फैक्टरी की असली प्रेरणा तुम हो, मैंने फैक्टरी का नाम तुम्हारे नाम पर रखकर तुम्हारी प्रेरणा हमेशा-हमेशा पाना चाहती हूँ।"

"जुग-जुग जियो बेटी, कहकर माँ की आँख में आँसू भर आए। शशि ने माँ के आँसू पोंछते हुए कहा-"माँ मैं तुम्हें अपनी सगी माँ से भी ज्यादा मानती हूँ, उसने तो केवल जन्म दिया, फिर वह यह भूल गई कि उसकी भी कोई लड़की है। वह किस हाल में है। मुझे इस समय अगर तुम सहारा न देती, तो शायद मैं भी सड़कों पर भीख माँग रही होती, इसलिए तुम मेरी माँ ही नहीं, सचमुच तुम मेरे लिए देवी का रूप हो।" शशि की आंखों में आंसू भर आए थे।

"बेटी, तेरी माँ की कुछ मजबूरी रही होगी, वरना माँ का हृदय बहुत कोमल होता है, वह तेरी पीड़ा समझ सकती है, परन्तु उसके सामने लाचारी होगी। इसलिए माँ का बुरा नहीं कहते, मैंने तो एक इन्सानियत का किरदार निभाया है। तेरी मेहनत रंग लाई और उस मेहनत ने तुझे यह मुकाम दिया, मेरी तो सदा दुआएँ तेरे साथ हैं, तू इसी तरह दिन-दुगनी रात-चौगुनी उन्नति करे।" बूढ़ी मां ने उसे समझाया।

"माँ, मेरी फैक्टरी में अन्दर चलो। मैंने तुम्हारे लिए अलग से कैबिन बनवाया है। तुम एक मालकिन की हैसियत से इस फैक्टरी में बैठोगी।" शशि ने मुस्कुराते हुए बताया।

इतना कहकर शशि माँ को अन्दर ले गई। शशि ने फैक्टरी में एक केबिन बनवाया, जिसमें दो कुर्सी पड़ी थीं। शशि मुख्य कुर्सी पर माँ को बैठाते हुए बोली-"माँ इस कुर्सी पर आपका अधिकार है। मैं तुम्हारे बराबर मैं बैठूँगी।"

"बेटी, तूने वाकई अपना हक़ अदा कर दिया। मेरी सगी बेटी भी शायद मेरे लिए इतना नहीं

करती, मैं तुझे केवल आशीर्वाद के अलावा क्या दे सकती हूँ।" बूढ़ी मां की आंखों में भी आंसुओं की नमी तैरने लगी।

"तूने अपनी ज़िन्दगी में जितनी परेशानी उठाई है, भगवान ने उन्हीं का फल तुझे दिया है। बेटी अब मैंने तेरी इच्छा पूरी कर दी, तू ही आकर इस कुर्सी पर बैठ।" बूढ़ी माँ कुर्सी से उठकर खड़ी हो गई और शशि को उस कुर्सी पर बैठा दिया।

अब शशि एक फैक्ट्री की मालिकन बन चुकी थी। धीरे-धीरे काम बढ़ता गया। शशि की लड़की भी धीरे-धीरे बड़ी हो रही थी।

बीस वर्ष बाद शशि बुढ़ापे की तरफ जा रही थी। उसकी लड़की जवान हो चुकी थी। एक दिन शशि फैक्ट्री के काम से बाहर गई हुई थी। लड़की फैक्ट्री का कार्यभर देख रही थी। दोपहर का समय था। शशि गाड़ी से अपनी फैक्ट्री पहुंची। उसने देखा फैक्ट्री के दरवाजे पर एक बूढ़ा आदमी खड़ा हुआ, भीख माँग रहा था। शशि ने उसे गौर से देखा, उस व्यक्ति ने भी शशि को गौर से देखा, "अरे सुधीर। तुम यह सब क्या हुआ।" शशि ने आश्चर्य से उसकी ओर देखते हुए पूछा।

"शशि मैं तुम्हारा गुनहगार हूँ। मैं इस लायक़ भी नहीं हूँ, कि तुमसे माफी माँग सकूँ।" वह बोला।

"लेकिन तुम्हारा तो बहुत अच्छा काम था, अपना मकान था, फिर इस हालत में। रजनी का क्या हुआ, वह तो आपसे शादी करने वाली थी, तुम्हारे साथ-साथ रह रही थी, एक पत्नी की तरह, तुम तो उसे दिल से चाहते थे।" शशि ने एक सांस में ही पूछा।

"शशि यह बहुत लम्बी कहानी है। रजनी की बदौलत मैं आज इस स्थान पर हूँ। दाने-दाने को मोहताज हूँ।" सुधीर ने भर्राए हुए स्वर में कहा।

"फिर भी सुधीर, अपनी ज़िन्दगी की कुछ तो सच्चाई बताओ।" शशि ने उत्सुकतावश पूछा।

"शशि, तुम्हें घर से निकालने के बाद, रजनी ने एक मालिकिन की तरह से घर पर क़ब्ज़ा कर लिया। मैं रजनी से सन्तुष्ट था, रजनी मेरी हर इच्छा का ख़्याल रखती थी, एक दिन रजनी ने कहा, सुधीर मैं तुम्हारे साथ पत्नी के रूप में रह रही हूँ। इसकी क्या गारन्टी है, कि तुम मुझे अपना जीवन साथी बनाओगे।"

"रजनी मैं तुमसे शादी करके यह अधिकार देना चाहता हूँ। जिसके लिए तुम तैयार नहीं हो, मैं तुम्हें दिल से ज्यादा चाहती हूँ।" वह बोली।

"मैं रजनी अपना दिल दिमाग़ निकाल कर तो आपके सामने नहीं रख सकता।" सुधीर ने उसे यकीन दिलाने की कोशिश की।

"मेरे पास एक रास्ता है जो तुम कर सकते हो।"

"बताओ ऐसा कौन सा रास्ता है।" सुधीर ने उत्सुकतावश पूछा।

"यह मकान और दुकान मेरे नाम कर दो, ताकि मेरे भविष्य की सुरक्षा हो सके।" रजनी ने स्पष्ट स्वर में कहा।

"रजनी, इन्सान की ज़बान ही उसका भरोसा होती है, मैंने तुम्हें चाहा है, यही भरोसा काफी है।" सुधीर आश्चर्य भरे स्वर में बोला।

"सुधीर मर्द का क्या भरोसा, कब मुझसे ज्यादा ख़ूबसूरत लड़की आपकी ज़िन्दगी में आ जाए, तुम मुझे छोड़कर उसे अपनाओ। मैं जहाँ से चली थी, फिर वहीं आकर खड़ी हो जाऊँ। आज तो मुझ पर शबाब है, वक़्त के साथ यह शबाब भी घट जाएगा, जब मैं इस हालत में भी नहीं रहूँगी, कि किसी की ज़िन्दगी में जा सकूँ। मैं उस बुरे वक़्त से बचने के लिए आपसे यह मकान अपने नाम कराना चाहती हूँ, ताकि मेरा बुढ़ापा आराम से कट सके।" रजनी ने योजना के तहत कहा।

"ठीक है, अगर तुम यही चाहती हो, कि यह मकान मैं तुम्हारे नाम कर दूँ, ताकि तुम मुझ पर भरोसा कर सको। इसके लिए मैं तैयार हूँ। बताओ कैसे चाहती हो, यह मकान तुम्हारे नाम हो।" सुधीर ने पूछा।

"मैं चाहती हूँ आप कचहरी चलकर मुझे इस मकान का बैनामा करें।" वह बोली।

"रजनी बैनामा करने में तो बहुत पैसों का खर्च होगा, इस समय मेरे पास इतने पैसे नहीं हैं, जो खर्च कर सकूँ। वैसे ही काग़ज लिखवा लो या वसीयत लिखवा लो, मैं तैयार हूँ।" सुधीर ने समझाया।

"नहीं सुधीर तुम मुझे पागल मान रहे हो। मैं तुम्हारी वसीयत का इन्तज़ार करूँगी, वसीयत ज़िन्दगी में अनेकों बार की जा सकती है, लेकिन बैनामा केवल एक बार हो कर सकता है,

दोबारा रहे, तो तुम्हें बैनामा ही करना होगा।" वह कठोर स्वर में बोली।

"रजनी मैं बैनामे को नहीं मना कर रहा हूँ।इस समय मेरे पास पैसे का अभाव है।पैसा आते ही, मैं तुम्हारी इच्छा पूरी कर दूँगा।" सुधीर परेशान होकर बोला।

"इतने दिन मैं इन्तज़ार नहीं कर सकती, इसका एक हल मेरे पास है।" रजनी ने स्पष्ट स्वर में कहा।

"वह क्या रजनी।"

"बैनामे में जो ख़र्च होगा, उसको मैं ख़ुद करूँगी।"

"तुम्हारे पास इतना पैसा कहाँ से आया?" सुधीर ने आश्चर्य से पूछा।

मैं स्कूल में पढ़ाती थी, उसकी तनख्वाह जो मिलती थी, वह मैं बैंक में जमा करती थी, वह पैसा मेरे पास इतना है जिससे बैनामे का ख़र्च पूरा हो जाएगा।" रजनी ने बताया।

"रजनी यह बात तुम मुझे पहले बताती, मैं इतनी देर क्यों करता। तुम अपने पैसों को बैंक से निकालो, परसों कचहरी चलकर मैं बैनामा कर देता हूं।"

"सधीर परसों नहीं कल ही आपको कचहरी चलना होगा, मैंने बैंक से पैसा निकाल लिया है, यह पैसा मेरे पास है।" रजनी ने बताया।

"दिखाओ कहाँ है।"

"अभी लाती हूँ।" रजनी उठी और अपना बैग उठाकर सुधीर के सामने रखकर बोली–"यह लो।" कहकर उसने पर्स खोल दिया और नोटों की गड्डी दिखाते हुए बोली–"मेरे पास चालीस हज़ार रुपये हैं, जो बैनामे के लिए काफी हैं।"

"ठीक है, अब मुझे यक़ीन हो गया, सुबह कचहरी चलते हैं।" सुधीर विवश होकर बोला।

"यह हुई ना बात, आज तुमने इतना कहकर मुझसे मौहब्बत करने का सबूत दे दिया।" इतना कहकर रजनी ने सुधीर की बाहों में आनी बाहें डाल दीं, और ज़बरदस्ती चारपाई पर गिराते हुए बोली–

"अब आप मेरी बाहों में आ जाओ। तुम ही इस बदन के असली हक़दार हो।" कहकर धीरे–धीरे वह अपने वस्त्र उतारने लगी। सुधीर भी अपने सारे ग़म भूलकर रजनी की बाहों में समा गया। इसी तरह एक दूसरे के पहलू में रात गुज़र गई।

सुबह होते ही रजनी ने सुधीर को चाय देते हुए कहा–"जल्दी तैयार हो जाओ, कचहरी जाना है, अपने मकान के काग़ज़ात निकाल लो।"

"ठीक है रजनी! अभी तैयार होकर मकान के काग़ज़ निकालता हूँ।" सुधीर ख़ुशी-ख़ुशी उठा, चाय पीकर अपने मकान में असल काग़ज़ात निकाले। फिर नहाने चला गया, रजनी ने सुधीर का खाना तैयार कर ख़ुद भी नहाने चली गई। थोड़ी देर बाद दोनों तैयार होकर खाने की टेबिल पर पहुंचे। दोनों ने साथ-साथ खाना खाया। फिर ख़ुशी-ख़ुशी कचहरी को प्रस्थान किया।

कचहरी पहुँचकर सुधीर ने काग़ज़ वकील को दिखाए फिर वकील रजनी के बैनामे के काग़ज़ तैयार करने में जुट गया।

काग़ज़ तैयार होने के बाद, दो गवाह की ज़रूरत पड़ती है। रजनी से वकील ने कहा–"दो गवाह चाहिए।"

"मैं अभी बुलाती।" कुछ ही देर में रजनी ने फोन करके दो ग़वाह भी बुलवा लिए। बैनामे पर सुधीर ने अपने हस्ताक्षर कर दिये। वकील ने रजिस्ट्रार ऑफिस में जाकर लिखा, रजनी को सुधीर ने पाँच लाख में अपना मकान बेच दिया है। सुधीर ने बिना पैसा लिए ही लिख दिया, मैंने पैसा प्राप्त किया, अब रजनी क़ानूनी तौर पर उक्त मकान की मालिक क़ाबिज़ हो गई। सुधीर ख़ुश था कि मैंने रजनी का दिल जीत लिया, उससे मकान लिखवा कर, रजनी भी ख़ुश थी, कि आज मैं एक मकान व दुकान की मालकिन हो गई, रजनी की ख़ुशी का कोई ठिकाना नहीं था, रजनी ने सुधीर से कहा–

"तुम वाक़ई मुझसे मुहब्बत करते हो, इसका सबूत तुमने अपना मकान मेरे नाम लिखकर दे दिया है, अब मेरा भी कुछ कर्त्तव्य बनता है, कि मैं तुम्हें इसका सिला दूँ।"

"रजनी तुमने मुझे सिला पहले ही दे दिया है, मैंने ही तुम्हें बाद में कुछ दिया, अगर मेरे पास ताजमहल होता वह भी आपके नाम कर देता, मुझे तो केवल अपनी ज़ुल्फ़ों में उलझाए रखो, ताकि इन ज़ुल्फ़ों की छाँव में रहकर ही अपने प्राण त्यागकर ज़िन्दगी भर स्वर्ग का मज़ा लेता हुआ वापस परलोक चला जाऊँ, मैंने तुम्हें पाकर अपनी ज़िन्दगी की सबसे बड़ी ख़ुशी हासिल की है। रजनी तुम नहीं जानती तुमने मुझे क्या दिया है।" सुधीर गद्गद् होते हुए बोला।

"सुधीर! मैं आपको क्या दे सकती थी, मेरे पास तो केवल मेरा शरीर था, जो मैंने तुम्हें समर्पित कर दिया, शरीर इन्सान के सदा साथ नहीं रहता, उसे तो त्यागना ही पड़ता है, अगर त्यागने से यह शरीर किसी की प्यास बुझा सकता है और कोई सन्तुष्ट हो सकता है, मैंने भी एक दोस्त को अपना शरीर सौंपकर उसकी प्यास बुझायी है, इससे ज्यादा मैं आपको और क्या दे सकती थी, जो था, वह मैंने आपको समर्पित कर दिया।" रजनी बनावटी अंदाज में बोली।

"रजनी तुम नहीं जानती, मुझे आपके पास रहने से स्वर्ग का एहसास होता है, मुझे अब किसी भी चीज़ की आवश्यकता नहीं है।" सुधीर ने उसकी आंखों में झांकते हुए कहा।

"नहीं सुधीर, अभी ज़िन्दगी में बहुत कुछ देखना है, अभी तो ज़िन्दगी की शुरुआत है। आदमी की सबसे बड़ी कमज़ोरी औरत होती है, औरत अगर चाहे, तो मर्द को बहुत सदा के लिए ऐसा कुछ दे, जिसे वह अपनी ज़िन्दगी में कभी भुला न सके।" वह बोली–"सुधीर तुमने भी मुझ पर भरोसा किया है, मैं भी तुम्हें कुछ ऐसा ही तोहफा दूँगी, जिससे तुम सारी ज़िन्दगी में रजनी को नहीं भूल सकोगे।"

"रजनी मुझे भी बताओ ऐसा क्या दोगी, जिसे मैं सारी ज़िन्दगी याद रखूँगा।" सुधीर ने उत्सुकतावश पूछा।

"सुधीर इतनी जल्दी भी क्या है। वक़्त का इन्तज़ार करो, इतनी जल्दी तोहफे को बताना ठीक नहीं, मेरा आपसे वायदा है, तुम्हें ज़िन्दगी का हसीन तोहफा ज़रूर दूँगी। अब देर हो रही है, चलो घर चलते हैं। बाक़ी घर जाकर एक दूसरे की बाहों में रहकर ज़िन्दगी के हसीन पल गुज़ारेंगे। काफी देर हो चुकी है, घर जाकर खाना भी बनाना है।" रजनी ने अपनी रिस्टवॉच पर दृष्टि डाली।

"ठीक है, रजनी अब तो मेरी ज़िन्दगी तुम्हारे हवाले है, खाकर चलते हैं, खाना बनाने में समय लगेगा, मैं समय बर्बाद नहीं करना चाहता, खाना होटल से खाकर चलते हैं।"

"ठीक है सुधीर मेरी एक शर्त है।" रजनी बोली।

"रजनी अब क्या शर्त लगा दी, बताओ कौन सी शर्त है, आज खाने का बिल मैं दूँगी।" रजनी ने मुस्कुराते हुए कहा।

"ऐसा क्यों?"

"तुमने मेरे मकान नाम करके मुझ पर भरोसा किया है, मैं क्या एक वक़्त का खाना भी आपको नहीं खिला सकती। आज इस ख़ुशी में, मैं आपको खाना खिलाऊँगी।" वह शोख अंदाज में बोली।

"ठीक है रजनी, मैं आपके किसी आदेश को नहीं ठुकरा सकता, मैं और मेरा शरीर सब तुम्हारे हवाले हैं। चलो कहाँ चलना है।" सुधीर सहमत होते हुए बोला।

"चलना कहाँ है, अच्छे से होटल में ले चलो।" रजनी चहककर बोली।

"ठीक है, आज अच्छे ही होटल में चलते हैं।" सुधीर ने अपनी बाहें उसकी बांहों में डालते हुए कहा।

दोनों ने साथ-साथ अच्छे होटल में पहुँचकर खाना खाया और पूरा आनन्द लिया। सुधीर व रजनी को होटल में बारह बज चुके थे। रजनी ने घड़ी की तरफ देखा और घबराकर बोली–

"सुधीर घड़ी ने आधी रात होने का संकेत दे दिया है, अब हमें घर चलना चाहिए, अगर सारा समय होटल में ही गुज़र जाएगा, तो रात में हम क्या करेंगे।"

"रजनी, ज़िन्दगी को आनन्द लेने के लिए आधी रात के बाद ही उचित समय होता है। अब समय हो चुका है, तुम्हारी ज़ुल्फ़ों की छाँव में पल बिताने का, अब घर जाकर सिर्फ तुम्हारी ही जुल्फों का मज़ा लेना है।"

रजनी हँसी और बोली–

"सुधीर यह मज़ा ऐसा होगा, तुम शायद ही इसको कभी भुला सको।"

"चलो अब पहेलियाँ न बुझाओ। घर चलो, तुम्हारा जिस्म मुझे मदहोश करता जा रहा है।" सुधीर ने बेचैन होते हुए कहा।

"ठीक है।" सुधीर उसके साथ चल दिया।

कहकर रजनी व सुधीर एक दूसरे की कमर में हाथ डालकर होटल से बाहर आ गए। होटल के बाहर उन्होंने रिक्शा किया, रिक्शे से दोनों घर आ पहुंचे।

सुधीर ने कमरे का दरवाज़ा खोलकर लाइट जलाई। फिर रजनी की तरफ उसने शोखी से देखा। रजनी सुधीर की तरफ देखकर थोड़ी मुस्कराई फिर नज़र नीची कर ली।

सुधीर ने रजनी की अपनी बांहों में भर लिया।

"यह क्या कर रहे हो ?" रजनी ने धीमे स्वर में कहा।

"मैं अपनी प्यास बुझा रहा हूँ, तुम्हें अपनी बाहों में भरकर, मुझे यूँ ही रहने दो।" वह बेताबी से बोला।

"थोड़ा सब्र करो, हाथ मुँह धो लेने दो, थोड़े कपड़े बदलने दो, फिर जैसा आप चाहते हैं, मैं तैयार हूँ। तुम भी थोड़ा हाथ मुँह धो लो, फिर आराम से मेरे पास लेटना, मुझे कहीं जाना नहीं है, हमारे पास रात का काफी हिस्सा है। तुम फिक्र न करो।" रजनी ने उसे समझाने की कोशिश की।

"ठीक है, तुम अगर यही चाहती हो, तो ठीक है। मैं फ्रेश होकर आता हूँ।" वह बोला।

"यह हुई न बात। मैं भी फ्रेश हो लेती हूँ।" कहकर दोनों फ्रेश होने चले गए। थोड़ी देर बाद, रजनी अपने कपड़े बदलकर मैक्सी पहनकर पलंग के पास आकर खड़ी हो गई। सुधीर भी अपने कपड़े बदलकर नाइट सूट पहनकर रजनी के पास पहुंचा। रजनी का बदन मैक्सी में अपना नज़ारा करा रहा था। सुधीर ने रजनी को पीछे से पकड़कर पलंग पर गिरा लिया और उसके बदन से खेलने लगा। रजनी ने भी सुधीर को पूरा साथ दिया। इसी तरह दोनों की पूरी रात गुज़र गई। सुबह के समय दोनों सो गए।

करीब ग्यारह बजे रजनी की आँख खुली। रजनी पलंग छोड़कर फ्रेश होने चली गई। सुधीर भी रजनी के कुछ देर बाद फ्रेश होने चला गया। रजनी फ्रेश होकर सुधीर के लिए नाश्ता तैयार करने में लग गई। सुधीर नहा धोकर रजनी के साथ नाश्ता करने लगा। नाश्ते के बाद सुधीर अपनी दुकान पर चला गया। कुछ देर बाद रजनी सुधीर के पास पहुंची और बोली–

"सुधीर में आज अपनी सहेली के पास जा रही हूँ। वहाँ से आने में देर हो सकती है।"

"ठीक है, पर शाम तक ज़रूर वापस आ जाना।"

"ठीक है सुधीर! कोशिश करूँगी। जल्द से जल्द वापस आऊँ। मैं जा रही हूँ।" उसने अपनी रिस्टवॉच पर दृष्टि डाली।

"ठीक है।" वह सहमति में गर्दन हिलाते हुए बोला।

रजनी अपनी सहेली से मिलने चली गई, सुधीर अपने दुकानदारों के कामों में मसरूफ हो गया। इसी तरह शाम हो गई, रात को रजनी वापस घर लौटी। दोनों ने साथ-साथ खाना खाया,

फिर सो गए। इसी तरह रजनी को घर से बाहर जाते हुए, एक हफ्ता हो गया। एक हफ्ता बाद रजनी प्रसन्न मुद्रा में घर लौटी, सुधीर ने रजनी को देखकर पूछा–

"आज बड़ी ख़ुश लग रही हो, सब ठीक ठाक तो है।"

"बात ही कुछ ऐसी है।" रजनी मुस्कुराकर बोली।

"अरे हमें भी तो बताओ क्या बात है।"

"आज जब मैं अपनी दोस्त से मिलकर वापस आ रही थी, तो मुझे मेरी माँ मिल गई, माँ मुझसे मिलकर बहुत रोई और कहने लगी, काफी दिन हो गये, तूने अपनी खैरियत नहीं दी, आज अचानक रास्ते में मिल गई, अब मेरे साथ घर चल, मैंने कहा, माँ मैंने शादी कर ली है। मेरे पति का नाम सुधीर है, मैं उसके साथ खुश हूँ इसीलिए तुम्हें अपनी सूचना नहीं दे सकी।"

"अरे! तुम्हारी माँ मिली और घर नहीं लाई, यह बात कुछ समझ में नहीं आई।" सुधीर आश्चर्य से पलके झपकाते हुए बोला।

"नहीं सुधीर! मैंने माँ को अपने साथ लाने की बहुत कोशिश की, परन्तु उसने आने से साफ इन्कार कर दिया।" वह निराश होकर बोली।

"ऐसा क्यों किया माँ ने।" सुधीर ने हैरानी से पूछा।

"माँ मुझे अपने घर से विदा करती, मैंने उसका यह अधिकार भी छीन लिया, वह नाराज़ थी, मैंने कहा चलो तुम्हें अपने पति सुधीर से मिलाती हूँ।"

"फिर क्या हुआ।" सुधीर ने उसकी बात काटते हुए पूछा।

"माँ ने कहा, तूने शादी कर ली है, कोई बात नहीं मैं चाहती हूँ तुझे अब अपने घर से एक बेटी की तरह विदा करूँ, फिर मैं तेरे घर आऊँगी।" रजनी ने बताया–"मैंने हाँ कर दी, मैं कल अपनी माँ से मिलने जाऊँगी, फिर आप आठ दिन बाद मेरी माँ के घर आकर सामाजिक तरीक़े से मुझे दुल्हन बनाकर ले आना।" रजनी उसके गले में बाहें डालते हुए बोली।

"यह तो अच्छी बात है पर तुम्हारी माँ कहाँ रहती है।" सुधीर ने उत्सुकतावश पूछा।

"तुम इसकी फिक्र न करो, मैं इस की सूचना फोन पर दूँगी, तुम बस मेरे फोन का इन्तज़ार करना। मैं आज रात तुम्हारे पहलू में रहकर ज़िन्दगी का आनन्द दूँगी।" रजनी शोख अंदाज में बोली।

"ठीक है रजनी, यह तो तुम्हारी माँ ने बहुत अच्छा सोचा, मैं भी इस शादी को सामाजिक तरीक़े से करना चाहता था, मैं आपके साथ रह ज़रूर रहा था, पर मेरा हृदय मुझ पर धिक्कार मार रहा था, तुमने यह कहकर मेरी छाती का बोझ हल्का कर दिया।" सुधीर ने इत्मीनान की एक सांस लेकर कहा।

"सुधीर मैंने कहा था ना, मैं तुम्हें ज़िन्दगी का एक बड़ा तोहफा दूँगी, तो वह समय आ गया है। अब देर न करो मेरे पहलू मे आ जाओ।" कहकर रजनी सुधीर से लिपट गई। रात भर सुधीर की बाहों में ज़िन्दगी का आनन्द लेती रही।

अगले दिन सुबह रजनी अपना सारा सामान पैक करके जाने के लिए तैयार हो गई। रजनी से सुधीर ने पूछा-

"रजनी तुम्हारा जाना तो समझ में आता है, लेकिन सारा सामान आपने पैक कर लिया, यह बात कुछ अजीब सी महसूस हो रही है।"

रजनी हँसकर बोली-

"सुधीर मैं यह सामान इसलिए ले जा रही हूँ, अपनी माँ के घर से एक बहू की तरह वापस आऊँ।" वह बोली।

"ठीक है, रजनी मुझे आप पर भरोसा है। मगर जल्दी आने की कोशिश करना।" उसने हिदायत दी।

"ठीक है सुधीर, मुझे भी इस तरह जाना अच्छा नहीं लग रहा, पर माँ के फैसले के आगे मजबूर हूँ, क्योंकि माँ ने फैसला समाज व हमारे हित के लिए किया है।" रजनी मुंह बनाकर बोली-"इसलिए मैं चाहती हूँ, कि हम दोनों इज़्ज़त की ज़िन्दगी जियें। क्यों सुधीर बताओ, मैं ग़लत कह रही हूँ।"

"रजनी तुम्हारा फैसला उचित है। मैं आपके फोन का इन्तज़ार करूँगा।"

"ओ॰के॰ बाय-बाय!

"बाय-बाय...।" सुधीर ने हाथ हिलाया।

सुधीर ग़मज़दा होकर अपनी दुकान पर आकर बैठ गया। सुधीर का मन रजनी में भटक रहा था, इसी बात को सोच, सुधीर अपना दिल बहलाने के लिए फिल्म देखने चला गया। सुधीर

का मन फिल्म में भी नहीं लग रहा था, सुधीर चारों ओर भटकता रहा। रात को घर आकर थक हार कर सो गया। अगले दिन सुबह सोकर उठा, देखा दरवाज़े पर आठ दस लोग अपने हाथों में लाठी डन्डे व देसी कट्टे लिए खड़े थे। सुधीर ने घबराकर पूछा–”आप लोग कौन हैं।”

“सुधीर तेरा ही नाम है।” उनमें से एक ने कड़ककर पूछा।

“हाँ मुझे ही सुधीर कहते हैं।”

“यह मकान हमने खरीद लिया है मय सामान के तुम घर से बाहर निकलो।” वह बोला।

“अरे ऐसे कैसे हो सकता है।” वह हड़बड़ा गया।

“यक़ीन नहीं आ रहा, यह है बैनामे की कॉपी। अब और क्या देखना बाक़ी है।” उन्होंने सुधीर का हाथ पकड़कर घर से निकालकर अपना ताला ठोंक दिया।

“शशि मैं पूरी तरह बर्बाद हो गया, अब मुझे अपनी ज़िन्दगी गुज़ारने को दो वक्त की रोटी के लिए भीख माँगकर अपना पेट भरना पड़ता है। आज क़िस्मत ने मुझे तुमसे मिला दिया। मैं अब इस लायक़ भी नहीं हूँ, कि तुमसे माफी माँग सकूँ।” वह रोते हुए बोला।

“सुधीर में अब अभागन नहीं हूँ। जिस जगह तुम खड़े हो, यह फैक्ट्री मेरी है। मैं भी तुम्हारा अन्जाम देखना चाहती थी। तो भगवान ने मुझे दिखा दिया। जहाँ तक माफी माँगने का प्रश्न है, मुझ पर आपने जो जुल्म किये हैं, और घर से निकाला है, मैं आपकी शुक्र गुजार हूँ।” वह मुस्कुराते हुए बोली।

“यह क्या कह रही हो शशि।” सुधीर ने आश्चर्य से उसकी ओर देखा।

“मैं सही कह रही हूँ। तुम्हारे घर से निकालने के बाद मुझ में आत्म-विश्वास जागा। इसी आत्मविश्वास ने मुझे जीना सिखाया, अगर मैं तुम्हारी दासी ही बनी रहती और तुम्हारे जुल्म सहती रहती, तो शायद मैं यहाँ तक कभी नहीं पहुँचती। मैं आज जो कुछ हूँ, अपने आत्मविश्वास के कारण हूँ। मुझे शुरु में ही तुम्हारे साथ नहीं जाना चाहिए था, लेकिन घर के हालात ने यह निर्णय लेने पर मजबूर किया। मैंने सब दुःख मिटाकर आपको अपना पति स्वीकार किया था। तुमने मुझे एक भिखारन की ज़िन्दगी दी, मैं अपने को संभालकर यहाँ तक पहुँच गई। भगवान ने तुम्हें शायद इसकी सज़ा ऐसी दी, दुश्मन को ऐसी सज़ा न मिले। तुम्हारी भलाई इसी में है, यूँ ही भीख माँगकर अपने पापों का प्रायश्चित करो। यह जो ज़िन्दगी भोग रहे हो, यह मेरा

अभिशाप है और यह जब तक रहेगा, जब तक तुम अपनी ज़िन्दगी की आख़िरी साँस पूरी नहीं कर लेते।" शशि ने घृणा भरे स्वर में कहा।

कहकर गुस्से से अपनी फैक्ट्री में चली गई। सुधीर हसरत भरी निगाहों से देखकर मन में सोच रहा था भगवान तेरी लीला अपार है। जिसे मैंने अपनी ज़िन्दगी से ठुकराया, आज उसी के सामने हाथ फैलाए खड़ा हूँ, फिर भी भीख नसीब नहीं, सोचकर आगे बढ़ गया।

फिर रजनी का ख़्याल उसके मन को कचोटता रहा। सुधीर को रजनी के वह शब्द याद आ रहे थे, जो अक्सर बातों-बातों में कहती थी, "मैं तुम्हें ज़िन्दगी का हसीन तोहफा दूँगी" जो उसने मुझे दे दिया, सब कुछ छीन कर सड़कों पर भीख माँगने के लिए छोड़ दिया, शायद रजनी का यही सबसे बड़ा तोहफा था, जिसे मैं सारी उम्र याद रखूँगा।